Soñando

Con Juan Luis Guerra

Mercedes A. Villamán

La Maga Press

Título: Soñando con Juan Luis Guerra

Autor: Mercedes A. Villamán

Edición: Maitreyi Villamán Matos

Diseño y Diagramación: Gerardo Germán

Impresión: Origami

© Mercedes A. Villamán 2007

©La Maga Press, Santo Domingo, RD 2015

Calle Isabel la Católica #405 Zona Colonial, Sto. Dgo. Rep. Dom.

Facebook/La Maga Press - lamagapress@gmail.com - Tel. 809-727-3219

ISBN-13: 978-0692548363

Esta edición consta, además, de 1,000 ejemplares impresos en Talleres Origami, Santo Domingo, RD, en octubre, 2015. Esta es una versión cibernética y para POD.

Este libro es producto de la imaginación de la autora. Solo son reales la geografía física, política y humana de los lugares en que se desarrolla la trama.

A mi hermana Maitreyi.
Y a Francisca Matos,
por ser siempre mi madre.

Soñando
Con Juan Luis Guerra

Mercedes A. Villamán

La Maga Press

Capítulo 1

No quiero que vaya a formarse un escándalo, porque la verdad es que yo nunca he visto a ese hombre en persona, ni tan siquiera en un concierto. Bueno, eso es sin contar aquella vez en Lima, a la salida de aquel restaurante en Mira Flores. Entrando en una limosina, enmarcado en la ventana, como un enigma, el barbado perfil bajo un sombrero de payaso. Las muchachas me aseguraban que lo habían visto de frente y que era él. Pero yo estaba embelesada tratando de descubrir el Mira Flores de los cuentos de Vargas Llosa, sin fijarme mucho en la gente que nos pasaba por el lado con paso aristocrático y mirándonos de reojo.

"Ese no es." Dije desencantada, mirando la limosina que se alejaba perdiéndose en el tráfico vespertino. Creo que fue Awilda que dijo:

"Te lo perdiste por estar de boba. Van a creer que somos jíbaras, mirando así con tanto asombro."

"Ese macho esta re-que-te bueno. Buena-ssa-ra-sso." Miriam siempre tan práctica iba al grano del asunto, su carita de aceituna exagerando su apetito lujurioso.

"Un saco de huesos. No sé qué le ven. Lo único que tiene son esas canciones, pero no es pa' tanto, mujeres." Teresa siempre venía con su jarro de agua fría a pasmarnos el fuego. Por algo le llamábamos Santa Teresa. Aunque en verdad, sabíamos que reprimía como mejor podía su debilidad por las mujeres. Nos hacíamos las desentendidas. Ella siempre era la voz de la cordura cuando a alguna de nosotras se nos alborotaba demasiado el bollo por un hombre sin concepto como decía mi difunta abuela si se trataba de alguien que no valía la pena.

De Lima nos fuimos a Cuzco, y de allí a Machu Picchu. Primero bajamos a Urubamba en el Valle Sagrado y nos quedamos en una casa de familia a manera de pensión. El edificio era una mezcla artesanal de motivos criollos. Lo inca fundido en lo colonial a través de las cerámicas, las tejas rojas, los balaustres de los balcones, las losetas de colores incrustadas en cemento; la alta tapia enclaustrando un patio interior, con su pesado portón de madera. Frente al portón, una mujer mestiza nos sonreía. Estaba como en sus cuarenta, con muchas tetas y pocas nalgas -tetona y chumba- jeans y pintalabios color Peptobismol, combinando con la blusa bordada estilo Puebla. Se llamaba Lidia y era la dueña. Una amiga de Teresa que no sabemos ni dónde ni cómo se habían conocido, pero que notábamos que se cruzaban miradas de entendimiento y nos hicimos las desentendidas porque sabíamos que Teresa no podía con sus demonios lesbianos, y si se daba cuenta que nos habíamos dado cuenta, se le arruinaba el paseo con la tensión y la compulsión al disimulo.

Ese era nuestro regalo de amistad para ella. Éramos amigas desde el primer año en la Universidad de Puerto Rico y nunca le habíamos conocido novio. Esos eran los tiempos del amor libre, la guerra de Vietnam y la píldora, que todavía no era muy segura, pero de Puerto Rico se podía brincar a San Thomas y conseguir un aborto. Aunque eso no nos quitaba los nervios cuando la naturaleza apremiaba. De vez en cuando una se atrevía con un condón y un novio que prometía amor eterno. Pero con Teresa no se podía. Tratábamos de conectarla con amigos de amigos, pero siempre pasaba algo catastrófico, o inverosímil, que le permitía excusarse y cancelar para mantener la elegancia cuando era necesario. O simplemente ella no llegaba a la cita. Encima, de vez en cuando se ponía a mencionar a un novio de su adolescencia allá en Fajardo. En fin, que nunca conseguía novio por una razón o la otra. Con el tiempo nosotras dejamos de insistir y nos comenzamos a hacer las desentendidas cuando se encontraba una nueva amiga, o adoptaba a alguna desposeída que necesitaba ayuda o rescate de unos padres opresivos, o de un marido abusador. La verdad es que Teresa era la mejor amiga del mundo para cualquiera que tuviera la suerte de encontrarla en su camino y a veces, en su ausencia, nos entreteníamos con el chiste de que una de nosotras debía hacer el sacrificio de hacerle el favor para remediarle la soledad. Pero cuando vimos que tenía una amiga en Urubamba, con un sello de cachapera más grande que el Umpire State Building, nos dimos cuenta que no sabíamos absolutamente nada de la vida de nuestra querida amiga Teresa.

El taxista que nos llevó desde Cuzco a la casa de Lidia no sabía cómo situarnos en el mapa turístico del dinero porque cuando queríamos hablar en privado, cambiábamos de español a inglés para que no entendiera. Una movida inconveniente porque entonces comenzó a preguntar de donde éramos y donde habíamos aprendido inglés, y en que trabajábamos.

"Yo soy puertorriqueña y soy ama de casa." Dijo Awilda con una sonrisa burlona. Nosotras aguantábamos la risa mirando el maravilloso paisaje de los imponentes Andes con sus picos nevados y grises, bajando poco a poco, ondulando en una falda de papas en flor, blancas, moradas y amarillas, hasta llegar al valle estrecho, en el fondo, bien abajo. Awilda nunca revelaba su verdadera identidad tan fácilmente. Puertorriqueña sí. Ama de casa, eso era bastante relativo si se tenía en cuenta que era dueña de Ramírez y Ramírez, una de las principales firmas de arquitectos que se especializaba en desarrollar urbanizaciones en la Isla del Encanto.

El taxista me echó una mirada calculadora por el espejo retrovisor, y yo pensé que estaría sacando la cuenta de las propinas, o a cuanto inflaría el precio de la tarifa. Todas siguieron hablando describiendo sus profesiones en clave, como hacíamos desde que vivíamos juntas en el dormitorio de la UPR. Miriam decía que se especializaba en limpieza, cuando en verdad lo de ella era la química y era responsable de una compañía de fórmulas que se usaban para desarrollar productos de limpieza.

 Teresa iba al grano, como siempre. "Yo soy contable y nací en Santo Domingo."

"Ah, usted se encarga del dinero." Dijo el taxista desplegando una sonrisa de labios carnosos, y dientes perfectos en su piel de canela y chocolate. Mirándome por el espejito del taxi, sus ojos comenzaron a emitir un brillito seductor, pero no mucho, algo así como si estuviera practicando. Tirando el anzuelo a ver lo que pescaba.

"¿Dónde queda Santo Domingo?" Dijo ladeando un poco la cabeza, tal vez para verse más sexy.

Yo miré hacia la carretera. Dos carriles, dos vías, el muro de los Andes de un lado y del otro el precipicio hacia el valle. Las curvas eran tan cerradas que no se veía lo que venía del lado opuesto y el taxi zigzagueaba porque el chofer no lo sabía controlar bien a la velocidad que íbamos descendiendo.

"Es la capital de la República Dominicana y del merengue." Le dijo Teresa impaciente y burlona. "Está en el Caribe entre Puerto Rico y Cuba."

"¡De allí es el cantante Juan Luis Guerra, pues!" Respondió triunfante el taxista, orgulloso de su geografía musical, que inmediatamente fue sometido al interrogatorio de rigor. Supimos que se llamaba Rubén y tenía dos hijos de dos matrimonios pero que se había separado de la última esposa también. Sus ojos no me miraron por el espejo y en la lentitud de sus respuestas había cálculo y mentira.

"Y usted señorita, es la única que no ha dicho nada. Está usted muy callada."

"Soy de la tierra de Juan Luis Guerra también. Tengo un kiosquito donde vendo arte y artesanías." Un rictus de desdén en los labios.

Lo de llamarme señorita me cayó pesado. Todas nosotras estábamos en los cuarenta y aunque yo me conservo muy bien -no como Awilda, que ya se hizo su primera cirugía- pero tampoco es como para que no nos hayamos ganado el título de señoras, marido o no marido. En Kiskeya la Bella nos hubiesen llamado doñas. En fin, no se puede esperar que todos tengan cultura. Tan leales a lengua española, siempre pronuncian todas sus eses. Las erres al final, tan bien sonadas y por eso se creen tan cultos. De todas maneras, no estaba yo allí para aguarme la fiesta con las patanerías de la gente y mucho menos de un taxista. Por lo menos sabia de Juan Luis Guerra. Había que perdonarle las otras ignorancias. ¿Qué se le va a hacer, pegarle, matarlo? Hay que dejarlo. Como diría mi abuela cuando alguno de la familia cometía una falta que hacía perder la paciencia. La frase se convirtió en nuestro grito de capitulación cuando nos enfrentamos a una barbaridad sin consecuencias.

Las muchachas se rieron de lo del kiosquito. Mis elegantes galerías habían comenzado en un timbiriche que logré abrir en la Calle Siete en el Lower East Side en Nueva York. Mis padres no me quisieron ayudar porque decían que era uno de mis caprichos para llevarles la contraria, al igual que la locura de estudiar artes plásticas y no quererme casar con el hijo de su compadre, uno de los Bacardí. Abuela me rescató mandándome dinero para sostenerme en lo que salía adelante. Con ese dinero alquilé un local un poco más grande que una covacha, con un inodoro y una pileta grande para lavar el trapeador. Le puse una división a la cobachita para hacer una trastienda y allí viví clandestinamente por tres años, con la tienda enfrente atiborrada de arte y artesanías de artistas locales y otras cosas que traía de Kiskeya y Borikén. De eso había pasado mucho tiempo. Cuando fuimos a Perú mis galerías ya tenían sucursales en Nueva York, San Francisco, Madrid y París. Carpe Diem Galleries have come a long way -como dicen los gringos- habían recorrido un largo trecho.

"Usted no nos ha dicho su nombre señorita." El brillito de los ojos un poquito más resbaloso, la sonrisa más abierta. Este huevo quiere sal.

"Ellas ya saben mi nombre. Al que no le he dicho mi nombre es a usted." El juego del gato y el ratón siempre me ha entretenido un poco.

"Me llamo Doña." Lo dije mirándole a los ojos del espejo y las muchachas callaron empeñadas en mirar el paisaje para aguantar la risa, sabiendo bien que mi nombre era Anacaona y que quiere decir Flor de Oro, como siempre me empeño en señalar. Mi abuela insistió en el nombre o desheredaba a mi madre de su parte de los cafetales matriarcales. Yo he cargado con dignidad el exuberante y legendario nombre que hasta ahora me ha traído suerte en las finanzas y el placer, pero no tanta en el amor. Esto último siempre me lo guardaba.

"¿Doña? Entonces tal vez le puedo llamar Doñita, si me lo permite señorita." El taxista no sabía cómo decirlo sin reírse porque ya parecía un chiste y no quería burlarse de mí y derrumbar la plataforma que estaba construyendo.

Las muchachas aprovecharon para desahogar la risa que venían acumulando desde que yo comencé con mi jueguito.

"Señorita Doñita no le puedes llamar, Rubén." Explotó riendo Awilda.

"Tan solo Doña será suficiente." Le dije sonriente, dirigiéndole una mirada de alcoba a través del espejo retrovisor.

Cuando llegamos a la casa de Lidia, que se llamaba Casa del Cielo, nos recibieron con un calor reservado de mirada estudiosa y sonrisa amplia que no mezclaban. Se lo atribuimos a la cultura andina, fuera lo que fuera. En verdad yo nunca puedo figurarme cómo es la gente de ningún sitio. Yo siempre creo que todo el mundo es como nosotros, bocones y cariñosos de puertas abiertas, amigos del abrazo fraternal y la sonrisa que siempre llega a los ojos cuando es sincera -pase y siéntese que esta es su casa. Yo siempre me sobrecojo en esos encuentros cuando el calor de la otra persona me llega, pero no me deja entrar. Como esas conversaciones en la puerta de una casa, de besitos en el cutis y apretón de manos, pero nada de pase adelante. Como a los vendedores que pasan cotidianamente y se les conoce por años, pero nunca se les deja ni usar el sanitario si lo pidieran, que no lo piden porque saben que la amistad de la puerta no pasa.

Aun con Teresa, Lidia era sigilosa en dejar que la alegría le subiera a los ojos. Eso fue lo que más me molestó, porque Teresa era una masa de pan y, aunque fuera tapadito, se merecía un romance sincero, una pasión de corazón. Lidia no me parecía que era buena candidata ni para una cura turística. Pero, ¿qué vamos a hacerle, pegarle, matarla...?

"Esta es mi tarjeta señorita." Hablándome de cerca, el taxista me sacó con un sobresalto de mi análisis social. "Llámeme si me necesitan. Pero usted me puede llamar para dar una vuelta, aunque no sea de negocios." La voz insinuando "hasta podemos follar si usted quiere."

Miré la tarjeta, su nombre Rubén con un apellido quechua que ya no recuerdo y su teléfono en letras negras de impresión barata.

"A usted le gusta Juan Luis Guerra y a mí también. A poco que le gustará salir a bailar o a visitar los verdaderos sitios de la gente de Urubamba. Podemos ir si gusta."

Luego de bajar las maletas se fue en reversa por la calle polvorosa hasta salir a la carretera principal echándome una mirada abierta de lujuria para asegurarse de abrirme el apetito.

"Ese hombre les cobró demasiado." Dijo alarmada la mamá de Lidia.

"Parece que nos cobró el coqueteo." Dijo Miriam mirándome burlona.

"Ya me las cobraré con creces." Les respondí para salir del paso. Algo me decía que su lujuria era estudiada y que en verdad no estaba interesado en ponérselo a ninguna de nosotras, mucho menos a mí, que era la que parecía la boba del grupo.

Decidimos quedarnos cuatro días antes de subir a Machu Picchu y por supuesto, llamamos a Rubén para que nos llevara a los puntos de interés quien no perdía oportunidad para abrirse más con sus piropos e insinuaciones.

"Yo estoy a la orden para lo que usted me ordene, Doña." Me decía en tono apasionado mirándome de arriba abajo.

Yo me reía por dentro porque Miriam estaba más buena que yo y debía ser a ella a quien debía estar asediando. Claro que la pasión no le impedía cobrarnos ciento cincuenta soles por un viaje que valía cincuenta, pero teníamos un buen presupuesto y decidimos hacernos las desentendidas.

"Déjalo que coma con su dama. El pobre debe estar necesitado." decía Teresa mirando a Lidia con un aire de recién casada en luna de miel.

Al tercer día le pedimos que nos llevara a unas salinas que vimos en un panfleto y cuando las muchachas se bajaron del taxi a tomarse fotos, Rubén me tomó de la mano para ayudarme a caminar por el sendero pedregoso que descendía hacia el manantial salado.

"Estás temblando." Me dijo. Peor cliché no pudo haber encontrado. Como si no tuviera sentido del tacto porque yo no temblaba -ese día ni nunca- ni aun bajo la pasión y la lujuria más avasallantes.

"Yo le puedo conseguir un buen precio en verdaderas artesanías fabricadas aquí mismo en Perú." Me dijo señalándome unas casuchas. "Esas señoras me tienen confianza y me dan buen precio. Si me da el dinero ahora, sin que ellas se enteren, yo le doblo trescientos soles en mercaderías."

"Qué tal si me doblas cien." Saqué de mi cartera los billetes y se los deslicé en el bolsillo de la camisa rozándole la tetilla con la punta de mis dedos.

Él buscó con la mirada a las muchachas, pero yo sabía que ellas me esperarían hasta que yo las llamara, y sin perder tiempo, me levanté la blusa para mostrarle los senos.

"¿Te gustan? Ven pruébalos. Chúpamelos duro." Le dije sonriendo. Pero no le gustaba, o no sabía chupar. O no contaba con que yo le iba a tomar la palabra. Me chupó sin entusiasmo, con la vergüenza de un pudor tardío -o fingido- de gigoló barato.

"Me tengo que ir." Le dije, bajándome la blusa para liberarme del aburrido lengüeteo y eché andar con él siguiéndome los pasos, pregonándome quedamente otras oportunidades de conocernos mejor.

Las artesanías no me interesaron y Rubén nunca me devolvió los cien soles ni yo se los recordé.

De regreso al valle, encendió la radio donde tocaron canciones de Celia Cruz, Olga Tañón, y también una de Juan Luis Guerra.

"Estuvo en Lima esta semana en concierto."
Dijo el chofer con orgullo.

"¿Tú ves? ¡Te lo dije! Era él, el de la limosina."
Saltó Awilda triunfante.

Un rebaño de ovejas cruzaba la carretera
polvorosa frente a nosotros. El chofer furioso
por tener que frenar la marcha, sacó la cabeza
por la ventanilla para gritarle insultos en
quechua a la muchachita descalza que los
pastoreaba con un bebé amarrado a la espalda.
Parecía como de doce años. Las mejillas
quemadas por el frio y el viento. De seguro
que tendría sed.

Y me vino a la mente las burbujas de amor de
Juan Luis Guerra. Si yo encontrara un pez
como el de la canción, como el mismo Juan
Luis, lo dejaba que me marcara de cayenas la
cintura y todo lo demás que se le antojara,
como dice la canción.

Cuando llegamos a La Casa del Cielo había una
mujer esperando a Lidia. Vino desde Lima y
no parecía de muy buen humor. Supimos
enseguida que era la mujer de Lidia porque se
veía celosa, disimulando el mal humor con una
cortesía excesiva y una sonrisa que mostraba
las muelas traseras. Teresa era muy respetuosa
y en más de veinte años que teníamos de
amistad, nunca nos había puesto en una

situación que nos implicara en sus amores clandestinos y a veces furtivos. Así que nos preocupamos pensando que este encuentro podría obligarla a salirse del armario con nosotras, lo cual ella pensaba que estaba tan bien tapada, que no nos habíamos dado cuenta. O peor, que ya no podríamos jugar a las desentendidas, lo cual debía angustiarla mucho pues se empeñaba en disimular que sabía que disimulábamos, y nosotras simulábamos que no sabíamos que ella simulaba. Un rollo de telenovela. Pero Teresa actuaba como si la palabra lesbiana la fuera a matar si se mencionaba en nuestro grupo, y nosotras por pura compasión no la mencionábamos ni cosa parecida. Sabíamos cuando estaba enamorada y sabíamos cuando la habían desilusionado. La celebrábamos o consolábamos como por carambola, sin decirle nada directamente. De vez en cuando, en su ausencia nos poníamos a adivinar quién era la agraciada, y muchas veces concluíamos que era alguna mujer más allá de nuestro círculo. Un misterio.

Por eso la dejábamos a solas con Lidia, pretextando interés en algo alejado de donde ellas estaban para darles espacio y así Teresa no tenía que reprimir las palabras. En los restaurantes, como por casualidad, nos las arreglábamos para que se sentaran juntas; por la noche nos retirábamos más temprano que ellas, o nos íbamos a tomar cerveza sin invitarlas para dejarlas a solas.

Pero la mujer de Lima no se veía muy bien para la película y supimos al instante que la vimos mirando a Lidia con reproche, que a Santa Teresa se le acababa de aguar la fiesta.

"Ana, ¿viste lo que vimos nosotras?" Awilda y Miriam se metieron en mi cuarto atropelladamente.

"Aquí va a haber pelea, mujeres." Respondí desanimada. Me preocupaba pensar que Teresa sufriera un desengaño y tuviéramos que cargar con ella y su mal humor por el resto de las vacaciones, que podía ser lo peor.

"Cambiando el tema como los locos, ¿qué te hizo el chofer?" Miriam me preguntó sentándose en mi cama.

"No nos vengas a decir que no te lo dejaste poner cuando estábamos en las salinas." Awilda me miraba con su carita de niña traviesa dispuesta a develar un secreto.

"No sean tan averiguadas y pensemos en salir de aquí antes de que la cosa se ponga fea."

En eso entró Teresa con un jarrón de limonada y en silencio nos sirvió a cada una en vasos desechables.

"Acabo de leer en el panfleto que el pueblito donde se toma el tren para Machu Picchu tiene unas ruinas interesantes y es muy pintoresco." Dijo saboreando la limonada, notando que le faltaba azúcar. "¿Qué hora es?"

"Apenas son las tres de la tarde". Una de nosotras se apresuró a contestar.

"Todavía es temprano". Teresa nos mostraba una sonrisa corta. "Si nos apuramos podemos llegar a tiempo para ver algo del pueblo hoy, y algo mañana, antes de tomar el tren. Pasar la noche allá".

"¡Tremenda idea!". Dijimos casi a coro levantando los vasos para brindar llenas de alivio.

Me tocó a mí llamar al taxi. En la mesita del teléfono había una cestita con tarjetas de negocios. Tomé una de un taxi cualquiera y llamé para pedir servicio mientras echaba la tarjeta de Rubén con las demás.

Capítulo 2

Mi primer encuentro con Juan Luis fue en Méjico.

Esos fueron los tiempos de Richard. Buscando material para Carpe Diem, en mis viajes voy a parar a sitios increíbles con los que nunca se sueña y por eso no los puedes reconocer cuando los ves despierta.

Amalia, mi editora, me invitó para la Feria del Libro de Guadalajara y -aunque no tengo humos de escritora- pensé que tenía el deber de ayudarla a promover mi primer libro sobre lo más granado de los artistas presentados por Carpe Diem. Nada ostentoso pero bonito, lleno de color con fotos de las piezas y notas biográficas de los artistas. Algo para ponerlo en la mesita de la sala, un coffee table book. Amalia y yo nos conocimos en los tiempos de

Carpe Diem en la Calle Siete. Llegó de El Salvador con sus padres cuando tenía diez años, en los tiempos de la guerra contra revolucionaria que nos destrozó el corazón en el centro del continente. No quiso ser ni doctora ni abogada, como querían sus padres, sino escritora y terminó siendo una editora respetada y codiciada por las mejores casas editoriales de la ciudad. En los tiempos de la Calle Siete ella trabajaba para New York Magazine y andaba por el Lower East Side buscando material para un reporte. Entró a entrevistarme y terminó de clienta. Nuestra amistad fue espontánea pero sin prisa. Más tarde se casó con Armando, un chicano dicharachero y cariñoso afincado en el negocio de la maquila de chaquetas deportivas con emblemas de equipos de béisbol y baloncesto.

"Te vas a divertir, Ana-cagüita. Aquí en Guadalajara hay mucho arte y las artesanías son increíbles. Obras de arte."

"¡Ay Amalia, es que no he calentado mi casa este año! No he pasado ni un solo mes completo en la ciudad, se me han muerto todas las plantas".

"No seas Ana-cagona, chica. Te va a gustar y hasta podrías descansar."

La complací, y así fui a parar a Guadalajara y de allí a Tlaquepaque y luego a Tonalá y por último Ajijíc.

"Es un pueblito bonito, queda cerquitica." Amalia me persuadía. Yo me daba por vencida.

Por suerte todo era encantador. Las artesanías eran maravillosas; la comida exquisita; la gente bellísima, y el clima fenomenal.

"En Ajijíc hay muchos gringos y canadienses, pero también viven algunos artistas que te gustará conocer." Nos desplazábamos en un auto alquilado que Amalia conducía muy bien por el tránsito vertiginoso de una ciudad de arquitectura fascinante. Méjico es la competencia más descarada de originalidad que hayan visto mis ojos. No había una casa que se pareciera a otra, ni un edificio que repitiera el diseño de otro. Así fuimos pasando por parques y plazas, círculos de tráfico con monumentos y fuentes en el centro, hasta tomar la carretera que conduce hasta Chapala por donde queda Ajijíc. Lo que no me esperaba era el lago.

"¿Por qué no me dijiste que había un lago?" Mis ojos tratando de asimilar esa canasta inmensa formada por las montañas y el valle al fondo con su lago en el centro, como una sopera grande adornada con pinceladas de colores formando casas y techos y árboles y milpas en flor. Para ese tiempo yo no conocía la palabra milpa. Pero la aprendí más tarde. Me enamoré del lugar en seguida.

"Tal vez ahora sí que podemos decir que estoy de vacaciones."

Amalia se echó a reír a carcajadas.

"Ya verás, Ana-cagüita. Te va a gustar."

Lo único que me desencantó un poco fue que el lago Chapala estaba contaminado y nadie se podía bañar en sus aguas. Había pesca pero decían que tan solo se podía pescar en lo profundo. Nos comíamos el ceviche confiando que habían pescado en las aguas seguras. Yo nunca he creído completamente la historia de la contaminación. Creo que querían fomentar el turismo en la costa del Pacífico, Puerto Vallarta, Las Hadas y también tenían el milagro de Cancún, como le llamaban. Así que quitarle el atractivo del agua al lago era una estrategia segura para mandar a la gente a otras playas.

El pueblito de Chapala estaba habitado mayormente por los locales. Un pueblo de casas sencillas y hasta un poco aburrido, que servía de lugar de abastos a los de Ajijíc. Uno que otro negocio pertenecía a gente que se había quemado el pellejo en los sweat-shops de Los Ángeles y regresaron con sus ahorros a establecerse otra vez con su gente.

"Las casas de la costa son las originales, aparte de las de los autóctonos, claro." Amalia hablaba como una guía conduciendo un tour.

"Se ven deshabitadas, un poquito descuidadas." Miré hacia la ladera de la montaña. "Las de este lado se ven nuevas, como construidas recientemente."

"Los dueños de las de este lado viven en Guadalajara." Me señaló hacia la costa. "Tienen criados o inmobiliarias que se encargan. Pero tan solo vienen los viejos a visitar, si vienen. Los jóvenes prefieren los lugares de moda."

"¿Me has traído a un lugar lleno de viejos, Amalia?"

"Tranquila, que yo nunca te he fallado."

Y así llegamos a Ajijíc. Los gringos le habían añadido un toque de color estilo Santa Fe, y los artistas, atraídos por las posibilidades de ventas, se acomodaron en casitas baratas de adobe y les refrescaron la pintura con colores de nieve de limón, frambuesa, mamey y zapote. El lugar estaba salpicado de galerías de arte, talleres artesanales y tiendas de cerámica que los gringos abrían usando a un mejicano de parapeto porque la ley mejicana restringía a los extranjeros en cuanto a abrir negocios y adquirir propiedades.

"Aquí los que ponen el dinero son los gringos, pero sin los mejicanos no pueden." El auto quedó estacionado frente a un restaurante a la orilla del lago y Amalia me hizo un gesto invitándome a salir.

"Entonces los ilegales aquí son los ricos." Le dije estirando los brazos con desparpajo.

"Bueno. Pero hay unos cuantos gringos que ya tienen papeles o son ciudadanos o algo así y tienen mucho poder. Pero los locales saben su asunto. No son fáciles."

Comimos ceviche y luego pozole. Margaritas para Amalia y agua tónica para mí. De postre hubo flan, aunque no muy bueno. Los gringos siempre piden flan porque en las clases que toman de español de lo único que se habla es de paellas, tacos y flan. Pero el flan de los mejicanos es peor que el de los restaurantes cubanos de Nueva York y eso ya es mucho decir.

Después de comer quise estirar las piernas y nos fuimos a caminar por la marina desierta. El agua del lago había bajado tanto de nivel que los pilotes sobresalían más de veinte pies desde el nivel de la calzada del atracadero. Los botes atracaban en Chapala. Aun así, era hermoso. Aunque siempre me sentí desamparada en un lugar donde todo el mundo era de la misma raza y del mismo color. Y buscaba con alivio cualquier cara con rasgos y color distintos. Hasta la rubiosidad de los gringos me traía alivio con tal de ver gente distinta. Eso te lo da el Caribe y Nueva York donde lo normal es la diferencia. Más Nueva York que otra ciudad con sus caras, sus ropas, sus comidas y su algarabía abigarrada en idiomas poli-cromados. Tu cara es otra de las muchas caras diferentes que pueblan la ciudad. La diferencia te hace igual, te hace anónimo, público, individual y privado. Te desnuda y también te reviste de ti mismo y de nadie. Eres cualquiera y nada; uno y todos. Pero en Ajijíc eran todos de pelo lacio y de tez cobriza; y mi greña rizada se destacaba entre la muchedumbre del mercado y de la plaza. No me molestaba tanto ser la única, pero me sentía rara. Como si hubiese aterrizado en Neptuno o en algún planeta del espacio sideral. Peor aún, a veces me sentía que estaba dentro de un cuadro de una muchedumbre de Siqueiros y era la única cara que todos miraban en el museo.

A pesar de todo el comercio y el latoso interés por el dinero, eran simpáticos y me cayeron bien desde el principio. Sobre todo, los artistas. Tan llenos de aspiraciones, de ideas y sueños. La gente del pueblo tan laboriosa e inteligente; las mujeres tan creativas para ganarse el pan, y la alegría de vivir que destilaban todos. Me malcriaron para toda la vida con el sabor de las comidas en los kioscos callejeros, donde los gringos me aconsejaban no comer porque todo lo que tocaban los nativos estaba lleno de enfermedades mortales, las cuales, por razones milagrosas, nunca me tocaron. Las aguas frescas de flor de Jamaica, y los jarritos, los tacos de lengua y de cabeza y el pollo asado en leña de mezquite con ensalada de nopal. Me hubiesen tenido que atar con cadenas para que el olor de los comales no me arrastrara como a una perra hambrienta.

Cuando Amalia creyó que era conveniente para nuestros anfitriones, regresamos al auto y nos dirigimos por una calle de acuarela y pasteles, hacia La Casa de las Mariposas Doradas. En Méjico las casas tienen su nombre, costumbre que me parece encantadora, y lo ponen en un azulejo al lado de la puerta o en un letrero sobre el dintel. Tal vez viene de los tiempos en que las calles no tenían nombre ni las casas número, y la gente se refería a las casas por un rasgo que las destacaba.

La Casa de Las Mariposas Doradas era de color amarillo limón y en la pared sobre la puerta tenía pintadas unas grandes mariposas monarca que sostenían una banda pintada que leía La Casa de las Mariposas Doradas en letras cursivas que parecían recién trazadas por el vuelo de las mariposas que revoloteaban a su alrededor. La puerta estaba protegida por un portón de hierro forjado con diseño de una inmensa mariposa y cuando la empujamos, se partió en el centro para darnos paso. Había visto casas hermosas, opulentas, elegantes e impresionantes, pero ninguna tan esencial como esta. Era la casa de Richard. Ricardo Corazón de León le llamaría más tarde, acariciándole el bello dorado que le brotaba en el pecho y seguía bajándole por el vientre hasta acurrucarle las bolas.

Él era amarillo, dorado y azul como su casa. Las pestañas y las cejas. Hasta el bigote y los pocos pelos que le brotaban en la barba eran hebras de oro que invitaban a la yema de mis dedos a implantarlos en las fisuras de la piel. Cuando surgió de entre las buganvilias y se posó en medio del patio, el sol lo revistió de un oro relampagueante que penetró la protección de la sombra de mis gafas Giorgio Armani. Sin camisa, con pantalones kaki colgándole de las caderas, con el ombliguito afuera rodeado de músculos abdominales de esos que se ven en las revistas pornográficas, contando el paquete que se le notaba debajo de la bragueta. Tuve que hacer un esfuerzo para mirarlo a los ojos y saludar cortésmente como me enseñaron que se debe hacer cuando se llega a la casa ajena.

"¡Amalíssima!" Exclamó el adonis con verdadera alegría y un acento con un dejo que no era precisamente inglés. "Ya creía que no venían."

"¡Ricardito!" Amalia se le tiró encima en un abrazo entre filial y lascivo. "Aquí nos tienes. Esta es Anacaona Ventura, como te prometí."

"The Anacaona Ventura?" Mirándome fingiendo perplejidad, pero admirado.

"In the flesh. En todas mis carnes." Le contesté pensando en las carnes de él.

"Richard Francis Heart a sus pies, Madame." Y abriendo los brazos como un crucifijo dejó caer la cabeza en el pecho en una reverencia teatral.

Sonreí complacida asintiendo levemente con la cabeza en señal de aprobación. Con disimulo respiré profundo y busqué con la mirada el refugio de una silla a la sombra de la pérgola, dejando a Richard derritiéndose en el centro de su sol.

Amalia lo sacó del hoyo en seguida pidiendo algo de tomar y Richard se fue a la cocina a traernos no sé qué refrescos. En mi cabeza lo único que yo tenía era la imagen de un hombre ofreciéndoseme en bandeja de oro.

No quise entrar a su estudio ese día. Todavía no. Esa noche abría una exposición colectiva y no quería ser injusta con los otros artistas. Si entraba en su estudio después de haberlo visto desnudo de la cintura hacia arriba, se me iba a hacer muy duro ser imparcial con su arte, y si me gustaban sus cuadros, no quería que fuera a pasarle por la mente que quien me gustaba era él y que me debía un favor. No era fácil porque planeábamos, más bien, Amalia planeó, que íbamos a pasar dos o tres días en el pueblo y nos alojaríamos en esa casa. O sea, éramos las invitadas de honor del dichoso Ricardito. Era lo que en Puerto Rico llamaban en béisbol una situación Don Q. Bases llenas, dos out, tres bolas y dos strikes. Y era mi turno al bate. Amalia me sonreía divertida y yo le reciprocaba la sonrisa echándole dardos de fuego con la mirada.

Esa noche cuando llegamos a la galería, Richard que ya estaba recibiendo a la gente, vino a nuestro encuentro. Vestido en lino blanco sus ojos eran más azules que en la tarde. Nos saludamos corteses pero distantes, la huella de su perfume se quedaba tras su paso. La exhibición en la Galería Danza del Sol fue magnífica. Las serigrafías, los acrílicos, los óleos y las cerámicas eran un sueño, una ilusión. Había piezas en metal, cobre y plata. Ropa de seda y tejidos de lana de colores y diseños contemporáneos. Joyería exquisita. Yo había visto objetos bellísimos en mi vida, pero nada tan delirante como lo que había allí esa noche. Si hubiese estado en mi poder, esa misma noche empacaba la colección completa y la enviaba a Carpe Diem de Nueva York. Inmediatamente aseguré las mejores piezas sin mirar el nombre de los artistas, como siempre hago cuando conozco a alguno de ellos y no he visto su trabajo antes.

"Este es Pedro Gutiérrez, curador y dueño de la galería." Amalia aprovechó un momento después que se sirvió el champagne, frente al brie y las galletitas. "Pedro, lo prometido es deuda. Permítame presentarle a Carpe Diem en persona. Anacaona Ventura."

"Señorita Ventura, esta es su casa y yo quedo a sus pies." Le ofrecí mi mano con afecto y él besándola la atrapó entre las suyas como a una paloma a la que se le quiere impedir el vuelo.

"En verdad me voy a ruborizar, señor Gutiérrez." Rescaté mi mano. "Carpe Diem es quien debe estar a sus órdenes. Este lugar es magnífico."

"Por favor, todos me llaman Pepe y usted no puede ser la excepción."

Me gustaba su afabilidad y su manera afectada. Sabía que debía estar nervioso y que hacía un gran esfuerzo para ocultarlo, pero su forma rebuscada me halagaba porque sentía que su homenaje era sincero.

"Amalia, ven. Vamos a presentarle los artistas a la señorita Ventura."

"Por favor, Anacaona para usted y mis amigos."

Así conocí a Alicia Beltrán. Una mujer con un turbante de seda multicolor inmenso de su propia creación, y unas nalgas monumentales también muy originales. El cuello adornado con collares de ámbar que combinaban con los aretes.

"Alicia es la reina de los diseños en seda. Imagínate que hasta cría sus propios gusanos para producir la tela." Pedro me la presentó echándole el brazo por la minúscula cintura.

"Este es Eligio Solorio. En cerámica nadie lo puede igualar." Y así me fue presentando uno por uno a todos los artistas.

El champagne seguía circulando, y de los quesos, pasamos a unas versiones modernas de platillos típicos. En algún momento vino el chef a preguntar mi opinión y yo, por supuesto estaba encantada. Para agasajarme preparó un postre especial de mango con chocolate derretido que bautizó Mango Anacaona que me hizo sentir como una diva. Todo esto mientras me dedicaba a ignorar con pulcra naturalidad la presencia innegable de Richard Francis Heart.

El perfume que llevaba era Perry Ellys 310. De eso estaba segura.

Los demás se fueron a seguir la juerga, pero Amalia y yo nos retiramos relativamente temprano. Acababa de regresar de Madrid cuando Amalia me invitó a Guadalajara, era mucho para mí en dos días. Madrid-Nueva York-Guadalajara-Ajijíc.

Ya en nuestra habitación, después de tirar un volado para decidir a quién le tocaba la cama del lado de la ventana, Amalia no aguantó más y me comenzó a interrogar como quien no quiere la cosa.

"¿Te gustó o no te gustó?"

"¿Me gustó qué? Sabes que a mí también me gusta dormir con ventilación. La ventana me tocó a mí, Amalia."

"Ana-cagona, te estoy preguntando que si te gustó Richard."

"Pues no viste que compré tres de sus piezas. Es un gran artista. Lo que no se venda aquí me lo llevo para mostrarlo en Nueva York."

"¡Pero no quisiste ni hablarle!" Amalia sonaba perpleja. "Parece que el hombre te cae mal, mujer."

"Ya no sigas, Amalia. El día ha sido largo."

"Encima me apagas la luz."
"Duérmete." Bostecé.
"Nunca te había visto tan rara." Protestó con voz ya lejana mientras mis parpados se rendían bajo el peso de la noche. Por la ventana entraba una brisa cálida que me envolvió en un lienzo dorado mojado en una fragancia viril.

Esa noche soñé que crecían palmeras a orillas del lago Chapala.

Un olor definitivo a café recién colado me sacó de un sueño perezoso que me hizo quedar en la cama a pesar de que a lo lejos escuchaba el trino de los pájaros, el ruido de los automóviles mezclado con las voces lejanas de los niños camino de la escuela. El cosquilleo del aroma familiar y cotidiano me despertó el apetito y la curiosidad. Me puse el pijama y busqué a Amalia con la mirada. Su cama estaba hecha y sobre la almohada una nota.

"Feria Libro. Conferencia de Prensa. Regreso esta noche. Descansa. Gózatelo"

Bueno, ahora no me quedaba más remedio que esperar y descansar. Habíamos planeado regresar a Nueva York juntas. Ya teníamos los boletos y Ajijíc quedaba cerca del aeropuerto internacional. Mejor que mejor. Estaba obligada a despreocuparme.

Seguí el olor del café para encontrar la cocina. La casa de las mariposas doradas por dentro era dorada con detalles azul turquesa. Era una casa ancha y larga con un patio interior y una huerta trasera y más allá de la huerta, una cabaña de dos pisos con techo de tejas de cerámica roja que parecía un torreón.

Pero eso lo vi después, cuando me puse a explorar el lugar con mi tazón de café asegurado en una mano.

El frente de la casa estaba pegado a la acera de transeúntes, era de dos pisos con un vestíbulo y portón tan amplio como para que pudiera pasar un caballo, cabras o cualquier carga que tuvieran que almacenar o proteger en el patio trasero. Una sala de recibir que pudo haber sido tienda de abarrotes o bodega en otros tiempos, ahora con grandes ventanales mirando al patio interior, y dos habitaciones a cada lado del vestíbulo central. Al fondo a la derecha, un pasillo corto que pasaba por la puerta de un baño para las visitas y las escaleras que bajaban del segundo piso, donde había dos habitaciones de huéspedes, una de ellas la mía y la de Amalia. El pasillo desembocaba en una cocina azul llena de ollas, jarrones y platos de cerámica folklórica, con una estufa de gas y una cafetera eléctrica sobre un mostrador cubierto de losetas doradas. Agarré un tazón y me serví el preciado líquido, humeante y oloroso, "esencia de la mañana y musaraña se la noche", y seguí deambulando por la casa desierta. La cocina desembocaba en una habitación grandísima que alojaba el comedor, una sala de estar con una área vacía y despejada de muebles, excepto por los cuadros y espejos en la pared, y los grandes ventanales, y una escalera hacia un segundo piso al fondo, y más puertas, algunas desembocaban al patio interior que tenía un jardín explosivo. Las buganvilias y las canarias se entrelazaban trepando por las paredes del muro que dividía la propiedad con la casa vecina. Girasoles, rosales y hasta orquídeas competían por espacio y atención. Una palapa cobijaba los muebles de patio en cuero y madera rustica estilo Santa Fe, y la cocina de verano decorada con azulejos turquesa y amarillos. Los ojos se me querían salir. La combinación de folklor y elegancia clásica era fascinante. Y sobre todo el espacio. Mi apartamento en Manhattan era amplio y cómodo con terraza con vista del Hudson, pero hacía mucho que no disfrutaba la intimidad de un espacio doméstico tan extravagante y sencillo como este. Tan solo en la casa de mi abuela en La Romana me había sentido así. Hacía años que no la visitaba. Después de su muerte, la casa me tocó en herencia, pero tampoco había querido venir. Suerte que tío mandó a Altagracia que, con su marido de turno, la cuidaban bien.

Después del muro que contenía a la palapa con la cocina de verano, una puerta vieja de hierro y madera se abría a un patio trasero con un huerto amplio sombreado por árboles frutales y al fondo el torreón de tejas pulidas reverberando bajo el sol, de donde venía una música de tambores y acordeón que me atrajo como si la tocara el flautista de Hamelín. Lo que sonaba era un merengue. Una canción que nunca había escuchado, ni conocía al cantante. El sonido venia del segundo piso. Subí los peldaños intrigada también por el olor a pintura que aumentaba con el sonido según me acercaba a la puerta abierta.

"Tiene mucho down. Tiene mucho tempo. Tiene mucho down, woman del Callao." Un merengue sabrosón, algo nuevo. La música entrándome por los oídos y bajándome hasta la médula de la semilla. Cuando llego a la puerta sonido y luz envueltos en el olor a pintura y Richard en medio de la habitación completamente desnudo pintando y cantando, moviendo las caderas al compás y al vaivén, imitando la voz del cantante. Sus musculosos glúteos se veían duros y apresables. Moviéndose de un lado a otro, su buena dotación penil se movía de aquí pa'llá y de allá pa'cá, como un diablo cojuelo haciendo travesuras con la vejiga. Era muy tarde cuando intenté retroceder discretamente. Además, mi entrepierna me decía ¿estás loca? De aquí no se mueve nadie. Y la retirada fue lenta. Entonces, ladeando la cabeza como si me hubiese percibido desde el principio, Richard me miró sonriendo.

"Me gusta bailar cuando trabajo."

"Nunca había oído esa canción. ¿Quién es el cantante?"

"You don't know Juan Luis Guerra. ¿Cómo no lo vas a conocer?" Agarró el pantalón de kaki que colgaba de un clavo y se lo puso.

"La música me arrastró. No sabía que este era tu estudio." Dije sintiéndome estúpida mirando hacia el lago por la ventana de cristal.

"Soy como Pablo Picasso. Me gusta trabajar desnudo, especialmente con este calor."

"Mantener la inspiración fluyendo a toda costa." Me di un sorbo de café mirando los trabajos en progreso y las piezas que parecían abandonadas a medio hacer.

"¿Cómo dices que se llama ese cantante?

"Juan Luis Guerra y el Grupo 440. Dominicanos. Hace tiempo que están pegados. Ese álbum es viejo. Si quieres te hago una copia."

"No, prefiero comprarlo. Merecen ganarse sus regalías. ¿No te parece?"

"Bad boy. Richard es muy malo." Dijo riéndose echando la cabeza hacia atrás para ocultar el sonrojo. "Hasta a nosotros los artistas se nos olvida que los cantantes no ganan nada con las copias caseras."

Juan Luis Guerra y la 440. Que música increíble, indescriptible. Carnal, y etérea, vulgar y sublime, familiar y extranjera. ¿En qué mundo he vivido? ¿Qué ha sido de mi vida, que yo no había escuchado algo de mi país que hasta un canadiense en Méjico conocía?

Me acerqué a la ventana y me quedé mirando el lago de plata no muy lejano, hasta que noté que el sudor comenzaba a bajarme por la espalda, pues todavía estaba envuelta en un piyama de manga y pantalones largos. Me sentía como un payaso vestida así, rodeada de tanta belleza flotando en una música de otro mundo, con alguien a mi lado que sabía algo más de mi país que yo misma. Giré para despedirme, y sonriente, Richard me mostró un esbozo que estaba trabajando frenéticamente en esos momentos.

"Mujer en piyamas con taza de café. Ta- daaa!" Y allí había trazado a una mujer sensual, curvas, nalgas y senos.

Con una cabellera exótica y rizada que le daban un toque juguetón y provocativo. No supe que hacer.

"Voy a cambiarme." Dije en dirección a la puerta. Él cruzó la habitación de dos trancos pero ya yo iba corriendo escalera abajo.

"Anacaona, quiero pasar el día contigo." Me gritó desde arriba. "Déjame enseñarte el pueblo."

Me detuve en medio del huerto. El olor de la tierra subiéndome hasta los ojos.

"Está bien. Pero primero, llévame a desayunar. Estoy hambrienta."

Ya de regreso en mi habitación me vestí sin mucha ceremonia. Unos jeans y una blusita blanca sin mangas que siempre metía en la maleta. Trapos que me ayudan a sentirme como en mi casa hasta en la Patagonia. Me recogí el cabello hacia atrás con una cinta para no bregar con mi melena salvaje, inmanejable como mi vida. Pensaba en mi vida precisamente. ¿Cómo se me ocurría pensar que era inmanejable? A mis treinta y tres años ya había llegado más lejos de lo que había imaginado en mi carrera. Un libro acabado de publicar, una galería en Nueva York y otra por abrirse en San Francisco. Buenos amigos y familia. No había nada fuera de control. Había mantenido los negocios impecablemente separados de lo personal en cuanto a las relaciones amorosas, porque con las amistades me encantaba hacer negocios. A eso debía mi tranquilidad y despreocupación. Pero el romance era otra cosa. Yo nunca había quebrado esa regla. Bueno, hasta ese momento. Me pinté los labios mirándome al espejo del tocador y guiñándome un ojo dije en voz alta: "Cuídate." Salí y bajé las escaleras trotando.

"No me vas a contar nada, ¿verdad?" A Amalia le interesaba sobremanera mis encuentros amorosos porque así los podía vivir vicariamente. A ella por la mente no le pasaba pegárselas a Armando y por eso a veces me acomodaba algún candidato. Especialmente porque el hombre en cuestión le gustaba y quería saber cómo lo hacía. Me pedía lujos de detalles y muchas veces yo omitía algunos e inventaba otros, dependiendo de mis sentimientos y circunstancias.

"Recuerda que si no es por mí no te lo estarías gozando."

"No me lo estoy gozando, Amalia. ¿Nunca se te ocurre pensar que no todos los hombres son fáciles?"

"No creo que todos son fáciles, pero estoy segura de que Richard no es el más difícil de todos. Así que no te hagas de rogar y cuéntamelo todo."

"¿Nos vamos mañana, verdad?" le pregunté admirando el olor de los sopes que nos habían servido. Quise comer algo típico y entramos en una cenaduría pequeña llena de gente local. La clase de restaurante que los libros para turistas aconsejan no visitar porque podrían estar tan contaminados que hasta el aire te puede matar, según ellos, que yo nunca he tenido ningún problema. Excepto el de no tener por lo menos dos estómagos pues la comida es tan deliciosa que, solo puedo parar de comer cuando siento que voy a reventar.

"Sí, nos vamos mañana. Pensé que te ibas a querer quedar, Anacaona." Me miró con ternura. "¿Qué pasó?"

"Estoy cansada, eso es todo. Me hace falta mi casa."

"Hablando del rey de Roma." Me señaló hacia la puerta de la cenaduría y precisamente venían entrando Richard y, colgada de su brazo, Alicia la de las sedas, seguidos de un séquito que incluía a algunos de los artistas de la exhibición de la noche anterior con sus parejas.

"¡Mira quienes están aquí!" Dijo Alicia Beltrán con aspaviento teatral de diva oficial. "Otra vez nos volvemos a ver. Prácticamente nos hemos pasado el día juntos." "¿Todo el día?" Me miró interrogante Amalia.

"Les llevé desayuno a casa de Richard. Quería asegurarme que Anacaona probaba algo de comer que no fuera de un restaurante." Sonreía demasiado afablemente.

"Además, todos queríamos personalmente darle las gracias y la bienvenida." Dijo alguien del grupo, mientras entre todos acomodaban dos mesas más para unirse a nosotras.

"Alicia tiene la mala costumbre de aparecerse en casa por la mañana. Insiste en alimentarme al amanecer de Dios." Mirándome intensamente Richard hizo un gesto de resignación subiendo la mirada al techo y dejando caer la cabeza al pecho, y los amigos se echaron a reír aparentemente acostumbrados a las extravagancias de Alicia.

"Entonces pasaron el día juntos todos." Amalia comenzaba a enterarse de que mi día con Richard fue muy distinto del que ella se había imaginado.

Alicia terminó sentándose a mi lado y Richard al otro lado de la mesa. Yo me alegré de la distancia, y a pesar de las ganas que tenía de comérmelo y de dejarme comer, le agradecía a Alicia su desesperación y sus celos por Richard. Yo regresaba para New York al día siguiente y ella se quedaba en ese pueblito cuya atracción principal seguramente era metérsele en los pantalones a alguien como Richard.

Después de cenar regresamos todos para la casa de Alicia donde sacó su colección de casetes copiados, y allí estaba Juan Luis Guerra con su Woman del Callao. Como un resorte, todos nos paramos a bailar. Richard me agarró por una mano y comenzó a guiarme de aquí pa'llá y de allá pa'cá y se me pegaba suavecito como para no espantarme. De vez en cuando le sentí el miembro robusto y bastante despierto rozándome el vientre. Desentendida, yo seguía bailando sin mirarlo a los ojos.

"Tiene mucho down, tiene mucho tempo." Regresamos ya tarde en la noche. como a las once, caminando y cantando hacia la Casa de La Mariposas Doradas. Amalia se despidió enseguida entramos porque se le habían pasado las copas y quería estar en cama. Richard y yo seguíamos cherchando y cantando, repitiendo las canciones de Juan Luis que me quería aprender de memoria.

"Ven, vamos a escuchar el álbum, quiero que te lo aprendas antes de irte."

"Richard, yo me voy mañana."

"Entonces tienes esta noche para aprendértelo de atrás para adelante y de adelante a hacia atrás." Me agarró por los hombros y me plantó un beso sonoro en los labios. Mi boca se entreabrió asombrada y el aprovechó para darme otro beso silencioso y caliente. Su lengua buscando la mía; sus dientes mordisqueándome la esquina de los labios, encendiéndome la pepita como la llama de una vela en la oscuridad. No cerré los ojos. Quería mirarlo así de cerca mientras le chupaba un labio. Mirarle las pestañas y los surquitos de la frente; dejar que mis ojos lo besaran tanto como mis labios. Ahora sí que podía estrujar mi pelvis contra la suya, a guayar la yuca para sacar casabe. Y su perfume, "¡ay, ay, ay! ¡Ay, ay, ay!"

"Mi woman del Callao. Déjame enseñarte mi merengue." Y me jaló bailando sin música hacia su habitación. Él se desnudó primero y por fin le pude echar mano a esa macana que me tenía la boca echa agua desde que se la noté cuando lo vi por primera vez en el centro del sol de su patio interior. Mi vestido calló fácilmente de mis hombros.

"No tienes ropa interior." Me dijo chupándome un pezón y yo contesté algo que debió haber sido gracioso porque nos reímos.

Las nalgas de Richard eran dignas de elogio universal. Mis manos no tan solo querían amasarlas y trazarles la forma, querían convertirse en moldes de su solidez. Mis dedos viajaban suavemente por su espalda, y de nuevo hacia sus tetillas que coronaban los pectorales duros y cubiertos de un pelo sedoso, y luego no podían resistir la trayectoria vertiginosa para bajar a la verga dura y caliente. Todavía de pie me seguía besando diciéndome cosas en inglés y en español, como para desflorarme el oído, mientras sus manos buscaron hasta encontrar mi semilla mojada ardiendo en un fuego gelatinoso mezclado con sudor.

Con una destreza magistral agarró un sobrecito no sé de dónde, y lo rompió con los dientes para producir un condón que le ayudé a deslizar hasta colocarlo bien en su sitio sin perder intensidad ni ritmo. Cerrando los ojos tuve que hacer un ajuste para acomodarlo en mi centro. Cuando lo tuve seguro, mis piernas rodeándole las caderas, su olor me invadió los huesos. Sentí su mirada de bestia en celo y abrí los ojos. Me subía y me bajaba, con sus manos en mis caderas me clavaba en su centro, y yo me dejé mover sin voluntad. Me rendí a su antojo hasta que despacito, caímos en la cama. Lo que me sedujo de Richard esa noche, no fue el tamaño de su verga, ni sus músculos, ni lo mucho que me clavó. Lo que realmente me atrajo fue ese apetito carnal que expresaba en cada una de sus caricias y sus movimientos. Su gusto por follarme era absoluto, como si se estuviera comiendo un plato exquisito. Me chupaba y me mamaba como si yo fuera una inmensa golosina y todas mis caricias lo transportaban a un éxtasis seductor.

"Todavía no me has dado toda la leche." Me dijo ronco al oído.

Subiéndoseme encima y abriéndome las piernas, metiéndomelo despacio comenzamos a darnos gozo por tercera vez.

"No hay entrega total en mis encuentros carnales. Dejo algo en el fondo para cuando venga el amor."

"Dámelo a mí." Me decía clavándome y sacándome la baba. "Dame tu amor, Ana. Dámelo, dámelo." Dejé que el vendaval me arrastrara y lo sentí a él navegando en la luz del torbellino, y lo supe presente en su grito de placer desesperado, sintiendo con certeza que se volcaba en mí y me entregaba la última gota de su deseo, mientras yo me hundía en un abismo claro y con fondo de un orgasmo dulce y reservado.

En la madrugada desperté con Richard a mi lado durmiendo como un ángel. Desnuda y descalza, salí en puntillas y casi a tientas, llegué a mi cuarto. Amalia roncaba con un ronroneo de gata soñadora. Después de ducharme vi que era hora de levantarse y desperté a Amalia, pues salíamos temprano.

Nos fuimos sin hacer ruido. Amalia escribió la nota dando las gracias.

Capítulo 3

"Ati como que te gusta la palabrita follar."
En el avión le tuve que contar a Amalia el tórrido encuentro en la habitación de Richard. Omitiendo los requiebros del orgasmo y diciéndole que usamos cinco condones en vez de tres. Traté de ser justa. En verdad pudimos haber usado cinco, si yo me hubiese quedado hasta el amanecer. El hombre se merecía una mejor puntuación de la que yo le había permitido.

"Yeah. Follar se siente con más ritmo. Me recuerda a fuelle y me recuerda el entra y sale del acordeón con sus curvas en el vaivén. Un gusano musical que saca música cuando se mueve. Los dedos empujando los botones sacan una nota como un gritito. Ay, ay, ay." Se me estaba aguando la boca.

Mirando las nubes, pensé que en verdad no me gustaba decir singar por pudor. Remilgo o rechazo. Me sentía invadida con esa palabra. Algo sucio que los hombres cuarentones le susurran a las niñas pubescentes en un descuido de sus padres, aprovechando la confianza de la familia y la inocencia de la joven, que cree que el visitante viene a preguntarle en que escuela estás y cuántos años tienes.

Chichar me parece gracioso. Nunca me inspiró pasión, y los pocos novios que me la dijeron cuando estudiaba en la Universidad de Puerto Rico, tampoco contribuyeron a cambiarle el sabor. Sin la píldora ni el diafragma, y sin un condón en el bolsillo, a mí me parecía un chiste pesado. Prefería pasar la noche bailando y decir que estaba chichando. Un día vi una película española en que el galán decía follar con autoridad y lujuria, me entró por los oídos como una penetración verbal.

Amalia me preguntó que pito tocaba Alicia. En verdad no sabía, ni me importaba. Alicia era la abeja reina del grupo. Una mulatona nacida en Toronto, mezcla creo que cubana y no sé qué más. Le gustaba Richard y le gustaba tener a los hombres pendientes de sus nalgas y algo más. Se metió esa mañana con un desayuno delicioso que terminó de preparar en la cocina de la casa de las mariposas doradas. Quesadillas con unas mermeladas caseras, champurreado, chorizo y queso de Oaxaca. Era buena cocinera y mejor artista. Me gustaron sus piezas y compré algunas para regalar y otras para mi uso personal. Pero a ella no le importaba si yo compraba o no compraba. Ella más bien estaba interesada en conservar su territorio. Me calló bien por esa razón. Después del desayuno pusimos música y más Juan Luis Guerra. Cantamos, bailamos y vinieron más amigos. Luego nos fuimos todos a caminar y a visitar las casas y los talleres de cada cual. En algún momento Richard me tomó de la mano y caminamos así, como dos novios, en la confusión del barrullo del grupo que aumentó hasta ocho; con Alicia a veces al frente, a veces a mi lado, pero casi siempre al lado de Richard tomada de su otra mano. Ahí era cuando yo aprovechaba y me zafaba de sus dedos. No compito por hombre. Eso lo tenemos a orgullo las mujeres de mi familia. Por eso mi madre decidió mudarse a Puerto Rico, dejando a mi padre a sus anchas con la mujer que tenía en la capital. Con el pretexto de la inestabilidad política, acordó con mi padre que yo debía estudiar fuera del país y la Isla del Encanto estaba cerca.

Podíamos visitarnos cuando quisiéramos. Era como ponerme en un colegio interno. Pero, que como era su única hija, mamá le dijo que no me quería mandar a Suiza tan lejos y sola. Además, la abuela no iba a querer viajar. A mi padre no le hicieron falta muchas razones para convencerlo, y mi madre se fue de su lado sin reproches y sin mencionar que se había enterado de que tenía tres hijos con una mujer que había sido secretaria de un amigo en Santiago.

En ese viaje a Puerto Rico, caminé hacia la rampa del avión sin mirar ni a mi abuelita, que me decía adiós con mis tías y algunos primos. Cuando volvía de vacaciones, regresaba a un mundo de asueto y diversión; un lugar para pasar unos meses o unas semanas. Y aunque volvíamos a la casa que me vio crecer, sentía que regresaba a un lugar pasajero y ocasional. A una quimera espacial.

Como a la semana de haber regresado a Nueva York, Richard se apareció en Carpe Diem una tarde de comienzos de otoño en que la lluvia insiste en caer fina, cubriendo la ciudad de intimidad y ganas de quedarse en casa tomando chocolate caliente con leche de soya.

La recepcionista me llamó por el sistema y yo salí a ver quién me procuraba. No tenía ninguna cita a esa hora.

Recortado al contra luz de la vidriera de la galería, con las manos en los bolsillos, su dorada presencia me recordó las mariposas pintadas en su casa, y una luminosidad llenó el lugar, casi como si la lluvia hubiese dado una tregua. Yo miré hacia fuera a ver si ya no llovía. Con la sorpresa no sabía si alegrarme o impacientarme y me quedé parada ahí, en la puerta de mi oficina.

"Pasaba por el barrio y decidí caer por aquí." Dijo riéndose, afectando un aire casual.

"No me enviaste los cuadros. Me devolviste el cheque." Yo siempre tengo la virtud de hacer los comentarios más inoportunos.

"Y tú no me dejaste ni siquiera una nota - 'Bang-wham, thank you, man!'- así que estamos parejo." Se echó a reír, parado en el centro de la galería.

"Eres tan bella." Se me acercó con las manos aun en los bolsillos.

"¿Te gusta el chocolate?" Le pregunté sabiendo que le gustaba. Agarré mi chaqueta y un paraguas.

Afuera la lluvia nos obligó a acurrucarnos bajo el paraguas y él me echó el brazo por los hombros y sin más remedio, yo le rodeé la cintura con el mío.

Mis años con Richard fueron felices. Alicia se resignó después de intentar todos los trucos en el libro de quitar machos. Pero Richard y yo llegamos a compenetrarnos espiritualmente al punto que podría decir que me le entregué con muy pocas reservas, o casi sin ninguna.

Esa tarde caminamos sin rumbo hasta llegar a la calle Thompson y nos metimos en el Dante Café.

Entre chocolate y chocolate, después de los silencios y las miradas perdidas, sin agarrarme las manos me dijo mirándome casi con rabia:

"No te vuelvas a ir de mi lado."

Yo me lo llevé a mi apartamento y lo metí en mi cama. Hicimos el amor sin mucha prisa, a conciencia pero espontáneamente. Chupándonos y mamándonos en los lugares que no nos atrevimos a ponernos la boca la vez anterior por haber sido la primera y había que observar protocolo. Hasta la tregua, como dice Juan Luis.

Me lo metió profundo y completo. Rindiéndose en mi pecho como un carey varado en la playa, hizo un gesto ambiguo, como buscando en la oscuridad de mi abismo y tuve compasión. Le abrí mis puertas y nos vinimos juntos. Cuando resurgimos, nos quedamos un largo rato flotando en una telaraña dulce como algodón de azúcar.

Así como estábamos, acurrucados como dos cucharas en un estuche, me fijé que mi cuerpo no se extrañaba de tener al suyo cerca, como si fuéramos viejos amigos. Yo pensé, que suerte la mía, y le dije que sí, que lo quería.

Cuando miro esos días en Nueva York sé que fui feliz. Por tres semanas estuvimos de turistas en una ciudad en la que había vivido muchos años. Fuimos a bailes y a conciertos, y a galerías que ya conocía, pero todo parecía nuevo y tridimensional. En Tower Records tenían los hits de Juan Luis, y Richard se encargó de regalármelos todos. Yo me quedé en Nueva York y él se fue para Oregón a visitar a sus padres. Luego regresó a Méjico a la Casa de las Mariposas Doradas, a llamarme por teléfono todos los días y a esperarme. Yo iba cada seis semanas, o nos encontrábamos en alguna ciudad de mi itinerario de negocios, y los veranos nos la pasábamos juntos en Ajijíc. Excepto por las intromisiones de Alicia, al principio no tuvimos grandes problemas.

Todo era tan fabuloso que logré escribir dos libros; uno de la gente y estampas de la vida cotidiana en el pueblo, y otro con el arte de un grupito de huicholes que se quedaba en casa de Richard cuando bajaban al pueblo. Nos hicimos amigos y les puse una exhibición en Carpe Diem, hasta les hice afiches y calendario. El amor era bueno y los negocios mejor. Para mi alivio, no hablábamos de matrimonio. Yo evitaba el tema, pensando que no sabía cómo nos la íbamos a arreglar si tuviéramos hijos. Así que me dediqué a disfrutar de nuestro amor en el momento presente. Entre merengue y merengue; entre aeropuertos y galerías, exhibiciones, Club Med, Madrid, París y Bali; San Francisco y Toronto.

Un día él invitó a sus padres a visitarnos en Ajijíc. Ellos estaban en su velero atracados en Puerto Vallarta y Richard quiso aprovechar para presentarnos.

"Mis padres son muy modernos, de la bohemia antigua. Sé que se van a caer bien mutuamente." Frenético, andaba por la casa recogiendo, desempolvando, redecorando, y terminando detalles de murales y proyectos de ebanistería que esperaban por toda la casa desde hacía tiempo.

Esperamos esa tarde. Yo, un poco ambivalente, pues nunca me habían presentado los padres de nadie, ni yo les había presentado a mis padres a ningún hombre. Resignada, mi madre terminó regalándole su traje de novia a una de mis primas, su primera sobrina por parte de mi tía Cecilia, su hermana mayor.

Me tocó a mí abrir la puerta porque Richard había salido a buscar hielo. Se dio cuenta al último minuto de que no teníamos suficiente para los gin and tonics y los bloody maries de sus padres. Les sonreí con esa sonrisa que se usa cuando les abres la puerta a desconocidos a punto de conocer. La señora con aire formal me pregunta por el señor Richard.

"Pasen, el regresa en seguida. He is getting some ice." "You speak English. That's a surprise."

No entendí por qué se sorprendía de que yo hablara inglés, pero los conduje a la sala de estar. Era un mediodía de verano fenomenal, de esos que tan solo se pueden vivir en Jalisco. Relajado y adormecedor, con las cigarras reventando su canción al viento.

La señora me pidió, casi ordenándome, un vaso de agua y yo le ofrecí a ambos un refresco.

"Prefiero esperar a los señores de la casa." Me dijo con propiedad y distancia. Sonriendo, yo me excusé y me metí en la cocina a darle los toques finales a nuestro pollo al mole.

Cuando Richard llegó, después de los abrazos y los besos, me presentó formalmente. Me divertí viéndole la cara de asombro y vergüenza de Helen y Francis, extendiéndome la mano y apretándome la mía. Y Francis casi como que me pidió excusas. Doña Helen sonreía. Intercambiamos miradas, y pude ver que se dio cuenta que la puse a jugar el papelón a propósito. Cuando me iba de nuevo a la cocina a traer unos nachos con pico de gallo, la oí claramente cuando le dijo a Richard en inglés.

"Cuando me abrió la puerta creí que era la criada." Después de eso me senté en la sala y dejé que Richard se encargara de todo lo que las criadas suelen encargarse.

Los padres de Richard eran gente con buena posición en Oregón. Estaban en el negocio del cristal soplado y los vitrales, y eran muy queridos en la comunidad artística de la costa noroeste de los Estados Unidos. Yo podía ver que la señora estaba ya impaciente por tener nietos y Richard, hijo único, no parecía darse por aludido a los treinta y ocho años. No me parecía que creía en mezclar nuestros colores de la misma manera que creían en mezclar los colores en una burbuja de cristal soplado. Aparentemente preferían mantenerlos firmemente separados por divisiones férreas y pesadas como en un vitral.

Me hizo falta mi abuela ese día. Inmensamente. Y a riesgo de ser descortés, porque los padres de Richard iban a quedarse una semana, al día siguiente pretexté que mi abuela me había llamado por teléfono, lo cual era extraño, dije. Lo mejor sería ir enseguida por si acaso. Pues ya estaba muy mayor, y lo siento mucho, no lo esperaba. Richard me miraba hacer las maletas sin decir nada, y por no saber que más hacer, se empeñó en buscarme un taxi de confianza que me llevara segura.

Me fui directo a Houston y de allí a Puerto Rico y de Puerto Rico aterricé en Santo Domingo. En un carro de alquiler me le aparecí a mi abuela, que cuando me vio frente al balcón de la casa, creyó que me había muerto y que me le había aparecido a despedirme antes de salir al más allá. Pero cuando me miró a los ojos, se dio cuenta y me abrazó. La vieja había pasado sus cuitas de amor con un divorcio del primero, y otros dos maridos bohemios que le ablandaron el corazón con canciones y poemas, para luego irse a España uno, y otro a Venezuela, dejándola en un desvelo de esperanzas sin razón, que le endureció las puertas del amor, pero no la sonrisa.

"¿El rubio ya se cansó?" Me dijo frente a la taza de café con leche.

"No, no es el rubio. Es el tiempo."

"Así es la vida m'ija. ¿Qué le vamos a hacer?"

Y ahí lo dejamos. Ella no me volvió a hablar de eso, ni a preguntarme de nada.

Supo de Richard por los comentarios de mami. Yo siempre evitaba conversaciones sobre boda y compromiso, que por regla desembocaban en preguntarme que en dónde iba a vivir. Y abuela nunca se atrevió a decir nada cuando hablábamos por teléfono, o cuando venía a visitarme a Nueva York arrastrada por mi madre y mi tía, que insistían en no dejar desbandar a la familia.

Me quedé en La Romana hasta que mi secretaria insistió en que tenía que atender mi negocio personalmente. Abuela me alimentó de adentro hacia fuera con pescao con coco, sancocho de guandules y bollitos de plátano, locrio de arenque con habichuelas guisadas, y las esotéricas arepitas de yuca, tostaditas en la orilla y salpicadas de anís como una nube estrellada. Los huevos de unas gallinas de la vecina. El casabe no faltaba, ni el granadillo, zapote y caimito. El dulce de cajuil como me gusta, seco, con queso blanco. Agua de coco todos los días. Y el vaivén tranquilo de la gente y los pregones. A veces pasaba un carro con la música a to' fuete, con una canción de Juan Luis que yo no quería reconocer si era nueva o si era vieja.

"Te voy a dejar esta casa, Anita, para que cuando yo muera tengas siempre este refugio." Estábamos en la terraza tomándonos un cafecito.

"No hablemos de esas cosas, agüela."

"Bueno, algún día me voy a morir. No voy a durar pa' semilla. Para nosotros los viejos el tiempo pasa más rápido que para ustedes. Cada vez que pasa un día estamos más cerca de la muerte. Ya lo puse por escrito porque no quiero dejar problemas, quiero descansar en paz. No se la vendas a nadie y cuando te toque tu turno, déjasela a alguien que no la vaya a vender. Alguien que necesite un ancla, un puerto seguro."

"Yo estoy bien agüela." No me atreví a mirarla y me serví más café.

"Que estás bien, ni que estás bien." Se dio una palmada en un brazo para matar un mosquito. "Los cafetales se los dejo a los demás porque a ellos les interesan esos negocios y saben cómo llevarlos. Aunque me gustaría pensar que, si puedes evitar que los vendan, todavía mucho mejor. Pero no te comprometas si no quieres. Es tan solo un orgullo nacido del despojo. Ahora, que esta casa es diferente. Esta casa es lo que queda de los cafetales viejos. Los que mis padres levantaron con sus propias manos. Cuando los americanos se metieron en el país en el mil novecientos dieciséis, y obligaron a to' el mundo a vender las tierras por una chilata. Mamá buscó este terrenito y ella misma se puso a construir con sus propias manos esta casa. Todos esos detalles que ves los arrancó de la casa en Peravia y los trajo en carretas que se tomaron diez días en llegar -'De aquí no me mueve nadie, cojollo'- eso le dijo a papá cuando decía que debíamos irnos a la capital. Se dedicaron al negocio de huevos, quesos y miel, y pusieron una mesa en el mercado mientras yo y mis hermanas hacíamos encajes y pintábamos vasijas de porcelana y yeso. Hacíamos dulces y mermeladas. Después comenzaron a encargarnos adornos para bodas, bautizos y quinceañeros. Así comencé a coser. Trajes de novia, de quinceañeras. Hasta me atreví a hacer camisas y hasta chacabanas, que los gringos llaman cabana shirts y otros, guayaberas. Una vez descosí un traje de papá de casimir inglés que él no se podía poner, porque el día que lo estrenó estuvo a riesgo de morirse del calor y del picor. Lo desarmé y saqué un patrón y comencé, como dicen hoy en día, mi línea de ropa formal tropical para caballeros. Me fijaba en las revistas y en los periódicos, y copiaba los trajes de las artistas y las señoras de sociedad de la capital y de otros países. Mis clientas subieron de categoría. Me gustaba hacer dinero y ayudar a mi familia. A los dieciséis años era mucho más de lo que hacían las muchachas de mi rango, venidas de otro pueblo con un padre vendedor de huevos. Ya debía estar buscándome un novio, pensar en casarme y tener mi propio hogar. Pero yo no le veía el porqué. Yo tenía mi negocio y estaba contenta en casa. Fumándome mi tabaquito a escondidas; conociendo a la gente; yendo y viniendo con mis hermanas; haciendo mandados y entregando encargos. Esta casa nos dio otra fuerza que yo no tenía en el cafetal, en donde mamá era la jefa indiscutible, y de donde hubiésemos tenido que salir casadas más rápido de lo que hubiésemos querido, no se sabe hacia dónde, ni con quien. En aquellos tiempos las muchachas de bien tenían que casarse. Ya para los quince se estaba en edad de merecer; con otro hijo de hacendado. Con algún hijo de bien de otro pueblo, socio de negocios, importador. Cuando los americanos comenzaron a presionarnos, nuestras tierras dejaron de valer. El café se perdía porque nadie lo recogía por falta de dinero para pagar. Los compradores ofrecían una miseria que no alcanzaba ni para cubrir los gastos. Ya no éramos muchachas de bien y ya no nos iban a pretender los muchachos de bien. Así que esta casa resultó ser una bendición. No es tan grande como la de la hacienda. Pero es bastante grande. Aquí nos acomodamos bien hasta que nos fuimos casando una a una, y papá murió, y mamá se quedó sola; como yo ahora aquí. Entonces veníamos de pasadía, y a veces yo venía igual que tú, a curarme las heridas. Mis hermanas nunca pasaron por los desengaños que yo pasé, o nunca se atrevieron a reconocerlos. Sus maridos las respetaban, o ellas se conformaron con lo que fuera. Nunca me han dicho nada. Pero mamá me dejó la casa. No por protegerme, ni para salvarme. Cuando ella murió, yo tenía un nombre en la alta costura del país. Eso tú ya lo sabes. Me la dejó a mí porque decía que esta era una casa para mujeres cojonudas. Dijo que la casa no la iba a dejar descansar en paz si se la dejaba a alguien sin fuerzas. De mí, te puedo decir que esta casa me ha devuelto el favor manteniéndome intacta; mostrándome la ruta, protegiendo la esencia de mi ser. Por eso quiero que la tengas."

"Toma. La notaricé ayer cuando fui al centro." Me entregó un sobre que había colocado en la mesita del café. "Ábrelo después que me muera. Ya hice mi testamento pero esta carta es privada. Por si acaso alguien se confunde. Con esto no habrá lugar a disputas ni dudas."

"¿Todavía queda de ese dulce de cajuil? Voy a traer un pedazo." Y me fui a la cocina a buscar el dulce sin poderlo encontrar porque el pote estaba vacío y lavado, escurriéndose en el fregadero.

La casa no me importaba, ¿qué iba a hacer yo con esa reliquia? Pero pensar que la abuela estaba preparándose para la muerte no era fácil de tragar. Me daba rabia también, pensar que se pusiera a hablar de eso para sacarme del hoyo sentimental en que había caído con lo de Richard. Esa señora era capaz de eso y mucho más, contar de sacarme de un lio. Richard. Yo no estaba muy triste. Tal vez aliviada, pero con una paz vacía de caliche y sol, sin sonido y sin calor. Ni a color, ni en blanco y negro.

Amor, amar y ser amada. Vivir, latir, existir, trascender. ¿Que significaban esas palabras? Ser una pareja y ser una misma, ¿cuál de las dos? Escoger una y renunciar a la otra. Can't have your cake and eat it too. Eso es lo que dicen los gringos. Pero, ¿qué tiene de malo querer conservar el bizcocho y también comérselo?

Me sentí aliviada cuando Jackie me llamó por teléfono para decirme que tenía que regresar pronto. Y también triste. Porque no quería dejar a la abuela. Pero sabía que algún día tenía que regresar y con Jackie llamándome, se me hacía fácil. Concluí que la abuela trataba de distraerme con la posibilidad de su muerte y se lo agradecí con ternura e impaciencia.

"Me tienes que prometer que te vas a quedar con la casa. No se la vas a ceder a nadie, ni siquiera a uno de la familia. Prométemelo Anita. Prométemelo."

Se lo prometí. La besé en los labios y le dije adiós desde el carro antes de cerrar la puerta. Yo pensaba que regresaría a pasar el frío con ella; que era verdad que estaba vieja y que uno de estos días se nos iba; que no debía dejar pasar tres años sin visitarla. Esa fue la última vez que nos vimos.

En este mismo balcón me despedí de ella. Hace ya tantos años de eso, que no sé cómo me acuerdo ahora de Richard, ni de lo que me dijo Jackie; ni como llegué a la galería a encargarme de nuevo de mi vida. Yo estaba en mis treinta y seis, o treinta y cinco, y mi única culpa era pasar por la vida sin darle importancia al amor. Pero ahora no es lo mismo.

A la edad que tengo una ni esta vieja, pero tan poco se es joven, que es lo trágico. El corazón está listo para amar. Por fin ya sabe lo que ha estado buscando, pero el cuerpo no representa el ímpetu del corazón.

Antes, había más esperanza porque los hombres tenían una posibilidad real de enamorarse de una mujer. Las estrellas de cine eran tan solo eso, actores y actrices para entretenernos; aliviarnos de la vulgaridad cotidiana. Pero cuando comenzaron a hablar de sex symbols todo comenzó a cambiar. Aun así, hubo un tiempo que los sex symbols eran solo eso, símbolos sexuales. Algo para entretenerse mirando. Los hombres eran libres de gustarle cualquier mujer, gorda o flaca; vieja o joven; alta o bajita y hasta fea, si les daba la gana. Era una cuestión de gusto y eso dependía de lo que fuera. Ahora, al hombre que le gustan las gorditas le dicen que tiene un complejo de inferioridad, y la mujer que se fija en un calvo la acusan de estar desesperada. Terminan pagándoles su dinero al analista en vez de gastarlo con su gordita y en algún baúl tienen videos y revistas donde las flacas les brindan una oportunidad de ser normal y exitosos. Cualquier selección es considerada una aberración a menos que no se siga las pautas dictadas por Hollywood. Las películas y los anuncios comerciales retratan a parejas de jóvenes felices que tienen derecho a, y que saben cómo, disfrutar de la vida en playas, yates y restaurantes. La felicidad, el éxito y la fama son para gente esbelta con cabello ondulando en cámara lenta para que todos tengan tiempo de apreciar lo felices y perfectos que son. Todo es tan relativo. Richard era perfecto, su cuerpo era una obra de arte. Pero lo que enamoraba de él era su sencillez y su gusto por la vida.

Capítulo 4

Me gusta sentarme en la terraza porque a cualquier hora es agradable. La mamá de

abuela se empeñó en que estuviera orientada para que le diera el sol en la intensidad perfecta para darle claridad sin calentarla ni dejarla húmeda por exceso de sombra.

Pero a veces prefiero el balcón. Aquí también hace fresco y a pesar de que da a la calle, el jardín le brinda mucha privacidad sin ahogarlo. Desde aquí se puede ver a la gente pasar y solamente si uno saluda o habla en voz alta pueden notar que una está sentada aquí. Todavía estoy entera y en buenas carnes y lo que no se exhibe no se vende. La terraza me gusta, pero aquí en el balcón quien sabe si se me presenta el amor.

No es que Richard fue mi único gran amor. Pero él fue quien me abrió los ojos. Con él me di cuenta de que no iba ser fácil la cuestión sentimental. Después de él me dediqué al trabajo con más tesón. Viajé mucho y follé poco y solidifiqué mis galerías hasta que Carpe Diem se convirtió en sinónimo de buen gusto y prestigio. Mi estadía con la abuela me dio la oportunidad de explorar Los Altos de Chavón y como mis cuarteles generales están en Nueva York mi relación con Parsons no puede ser más fácil. Así fue que entré en contacto con los artistas dominicanos de Nueva York. Y los líos que se me formaban con la prensa por las exposiciones de Hochi Asiático con su Santa Bárbara y demás santoral que paran los pelos de punta y no sirven para decorar cualquier hogar ni oficina, pero que son magníficos y -¿qué se puede hacer cuando el artista tiene piezas controversiales? -

Entonces me convertí en el refugio de cuanto artista dominicano de vanguardia decidía lanzarse. Iban a parar a Carpe Diem. No todos servían, y muchos de los que servían no tenían fibra de maratonista -que en este asunto hay que tener siempre presente que es una carrera larga y lenta-.

Hasta los escritores comenzaron a formar tertulias y presentaciones de libros. Amalia me lo agradecía, pues aprovechaba para lanzar sus libros y promocionar autores.

No les hice caso a ninguno de los que me pretendieron. Estaban muy ensimismados y no me movían el tapete.

Confieso que hubo noches en que me refugié en el puerto solitario de unos brazos desolados por la nostalgia. Los usaba para desahogar el peso de mi celibato. No me avergüenzo, porque ellos venían a mí ausentes y distantes, ensayando técnicas infalibles para hacerme venir que no tenían nada que ver con nosotros y nuestro gusto personal. Comenzaban a moverse como odaliscas de cabaret y terminaban acabando primero que yo, mientras suspiraban por volver a Kiskeya antes de que entrara el frío. Lo más seductor que todos tenían era que no protestaban cuando les comenzaba a deslizar el condón. El sida estaba acabando y el romance se evaporaba si no había protección. Cuando la ocasión y el deseo se yuxtaponían, yo usaba mi propia reserva personal, para estar segurísima de que eran frescos y no tenían ningún pinchazo, ni se me iban a romper adentro. Como le pasó a Melanie, que fuimos a parar a la clínica de abortos, gracias a Dios que ya eran legales, y el sida todavía no daba.

Con las artistas dominicanas me llevé bien. Especialmente con las escritoras, aunque me hubiese gustado haberme llevado mejor. Pero yo no podía remediar que había emigrado a la Gran Manzana desde Puerto Rico y no directamente desde Kiskeya y encima de eso no poder cambiar mi acento boricua. Con algunas excepciones me trataban como una intrusa, una Malinche oportunista.

Pero para ese tiempo ya Puerto Rico me había curado por completo del miedo a la burla y al rechazo, porque la isla del encanto siempre tuvo la virtud de saber sobarme con la misma mano que me apuñaleaba.

En Manhattan me salvaba la galería, me abrió las puertas de la comunidad y del corazón de la diáspora dominicana. Vinieron a mi primero por interés y luego por amistad.

Lo mejor de ese tiempo fue que pude recuperar el tiempo perdido sin bailar merengue. Así fue como conocí a Víctor.

Si yo pudiera escoger a un hombre de mi pasado para volvernos a unir, ese sería Víctor Rodríguez. Eso fue de telenovela.

Su pelo negro recortado con elegancia, peinado hacia atrás salpicado de unos hilos de plata en las sienes que ni mandado a hacer. No muy alto, el nivel perfecto para yo posar mi cabeza en su hombro y sentir más arriba de mi ombligo el vaivén de la hebilla de su correa cuando bailábamos apambichao, a lo Palm Beach, lento pero sabroso como el melao de caña.

Víctor y yo nos encontramos en un cumpleaños de Alcohólicos Anónimos. Una fiesta sin bebidas alcohólicas que se organizó para festejar colectivamente a todos los del grupo que cumplían años en ese mes de noviembre. Mi amiga Margarita me invitó porque también era su cumpleaños y quería estar rodeada de sus mejores amigos 'sin que faltara ni uno'. Nos conocimos en una exposición de Alianza Dominicana en un programa para mujeres sentenciadas a someterse a un programa para dejar las drogas y el alcohol. Algunas estaban a punto de perder la custodia de sus hijos y para conservarlos tenían que mantenerse limpias a como diera lugar. Ir a ese programa era obligatorio.

Margarita ya había perdido a su niño de un añito y no se lo entregarían hasta demostrar que estaba limpia por no sé cuánto tiempo, y que había dejado la prostitución. Tenía que tener un trabajo decente y un apartamento limpio con espacio para el niño.

El programa les daba oportunidad de expresarse artísticamente y Carpe Diem auspició todo lo referido a las artes plásticas. Margarita se fajó duro trabajando con el catálogo. Vendiendo espacio comercial para anunciantes; escribiendo los partes de prensa y envolviendo a negocios de la comunidad para que donaran bandejas de entremeses y platillos para el buffet de la recepción. Carpe Diem puso el dinero, la asesoría y los contactos importantes, pero Margarita Ceballos fue la mano que concretizó todo. Era como mi asistente y mi conexión con todo lo del evento. Me encantaba su ánimo y sed de vivir. Nos caímos bien mutuamente y muy pronto andábamos juntas por el alto Manhattan buscando un sitio donde conseguir buen mangú o arroz con guandules y puerco asao, o sencillamente una buena taza de café con leche.

"Perdí mis amistades desde que dejé las drogas y las bebidas." Margarita se encogía de hombros con una expresión un poquito triste. "Los que están trabajando con nosotras preparando el evento, algunas no quieren andar conmigo, pero a la que no le conviene andar con ellas es a mi porque a la salida del trabajo salen a darse su cervecita y yo no puedo arriesgarme a estar en ese ambiente."

A mí me gusta tomarme mi vinito. Es una costumbre que tengo desde mis tiempos en la Universidad de Puerto Rico, pero no es la gran cosa si no lo tomo. Además, si quería darme un trago podía hacerlo en mi casa después de despedirme de Margarita. La amistad siempre vale más que una copa de vino. Era refrescante estar en la compañía de Margarita, tan inteligente y emprendedora. Si no es porque sé de la maldita tentación que pueden ser las drogas y el alcohol, no hubiese podido aparear a esa mujer llena de alegría, vigor y esperanza con una piojosa enclenque, ofreciendo mamadas por un par de dólares para reunir dinero para una cura y sin sitio donde vivir.

Sus amigos de AA eran gente sana con unas ganas inmensas de gozar la vida, tenían la actitud de los que han sobrevivido de milagro a una catástrofe inmensa.

En ese cumpleaños había varios bizcochos dominicanos que son los más codiciados de la repostería de todo Manhattan. ¡Refrescos de todas clases, una cafetera inmensa de café, como cinco clases diferentes de ensalada de pasta, varias ensaladas de papa, varias clases de locrios, pollos asados, espaguetis con pollo, con albóndigas, arroces, pernil horneado! En fin, que si no es porque había espacio y buena música para bailar, de allí hubiésemos salido todos pesando por lo menos cinco libras más. La gente se arremolinaba alrededor de la comida, alrededor de los postres, el café y los refrescos y otros se habían auto proclamado disc-jockeys oficiales y estaban porfiando acerca de lo que se debía tocar.

"A todos les gusta la salsa."

"Compadre, el merengue es lo que es."

"La salsa es lo mejor, aquí le llaman latín jazz, ustedes no entienden de eso."

"Que jazz ni que jazz, lo que queremos es bailar."

"Hagamos turno, una ronda de merengue y otra de 'latín jazz'."

Y se echaron a reír. Yo también sonreí, recordando mis tiempos de estudiante en que estábamos divididos entre rockeros y cocolos. Cada ritmo tenía su nombre particular. Le llamábamos guaguancó, charanga, pachanga, chachachá, rumba, guaracha, mambo, yambú. Después todo se convirtió en salsa. Ahora todo es "Latín Jazz".

Y en eso comenzó a sonar la musiquita soñolienta del merengue Ojalá que Llueva Café. La gente comenzó a ponerse de pie y los que comían a soltar los platos; las mujeres a bailar solas -o mujeres con mujeres- y los hombres a sacar a sus parejas o buscarse una.

Oí la voz de Margarita que se atareaba bregando con la comida.

"Víctor no me la dejes que se aburra, sácala a bailar."

"Ya yo venía a sacarla, pero gracias por el permiso." Dijo el que parecía llamarse Víctor - con una miradita picara y apreciadora- mientras me agarraba por una mano para sacarme del rinconcito en que me había atrincherado.

"Yo soy Víctor para servirle, y tengo órdenes de sacarla a bailar."

"Yo soy Anacaona." Dije tratando de imitar su tono oficioso, "y le voy a dar la oportunidad de que cumpla con su deber y ejecute la orden."

Su piel era color gallego, como dicen los cubanos, y estaba recién afeitado, El bigote bien trazado. Olía a una fragancia familiar que no le recordaba el nombre. Las manos grandes y fuertes de hombre acostumbrado al trabajo

manual. Lo mejor era como bailaba. Me dirigía
tan solo con su vibración sin dejarnos de mirar
a los ojos como en las películas de bailes de
salón. Víctor era un hombre musculoso y
fuerte con cuerpo de hombre, no de modelo
ni de maniquí. Tenía su barriguita y sus
empellas, pero todo le cuadraba perfectamente
y en completa armonía. Elegante era la palabra
precisa para describir su porte. Yo estaba
emocionada por poder bailar sin tener que
estar conduciendo al hombre empujándolo o
jalándolo con discreción, animándolo para que
no se sintiera poco viril por no saber bailar con
gracia. Esto era pura gloria. Víctor conducía el
baile con un donaire y suavidad que cualquiera
creería que éramos pareja de otros tiempos y
que habíamos ensayado muchas horas para
lograr ese acoplo. Bailamos todos los
merengues de la tanda. Los de Juan Luis y los
de El Caballo, de Wilfrido, de Olga Tañón y
de otros que ni les sabía el nombre, gente
joven que surgen y triunfan en Nueva York.

Mientras bailábamos, al principio Víctor y yo
cruzábamos palabras y comentarios huecos,
pero poco a poco, a medida que descubríamos
lo mucho que nos estaba gustando bailar
juntos, el me comenzó a tirar palabritas aquí y
allá, como para probar las aguas y cuando yo
le respondía a uno de sus movidas sin perder

el paso el respiraba hondo y susurraba "Eso es," y yo me entusiasmaba y le mostraba otro meneíto y él me respondía con otro, un poquito tímido -pero admirándome- con una sonrisita discreta y satisfecha. Cuando la salsa sonó aprovechamos para ir a buscar un refresco. Yo me serví un jugo de cramberry y él, agua de soda con limón. Nos dijimos los nombres y de dónde veníamos. Él de Santurce y yo de la Capital.

"Pero bailas merengue como un dominicano." Le dije sorprendida.

"Entonces, ¿tú eres de los que creen que el merengue es solo para los dominicanos?

"Tuché." Hice una pantomima cómo quien recibe una estocada. En eso comenzó a sonar una canción del Gran Combo y yo comencé seguirle el ritmo con la cabeza.

"Yo no sabía que los dominicanos bailaban salsa." Me dijo con picardía tomándome de la mano y atrayéndome hacia el área de baile.

"No, yo lo que bailo es latín jazz." Y los dos nos echamos a reír una risa feliz por habernos encontrado.

No bailé con nadie más que con él en toda la fiesta, excepto con Margarita y los otros cumpleañeros, como un gesto de celebración.

En verdad me alegraba ver que estaban sanos y tranquilos sin peligro de ir a la cárcel o a la muerte.

En esa fiesta sin licor, las risas que brotaban, venían del corazón -de la alegría- y no de la nota del alcohol. No había nadie visitando el baño para meterse droga; ni peligro de que alguien se orinara o vomitara fuera del inodoro; o que se le pasaran los tragos y comenzara un problema. Se me hizo fácil acostumbrarme a los Clean Party. Esas fiestas limpias, en donde la gente iba a bailar, a comer, hablar y a figurear. A demostrar con orgullo que no había recaído; que estaban progresando, trabajando, recuperando lo perdido. Gastando la vida en vez de la vida gastarlos a ellos.

Algunas de las fiestas eran eventos en salones de baile que había que pagar taquilla. Otras veces se formaban grupos de apoyo para ir a bailar a un club regular donde presentaban a algún grupo musical popular.

Pero generalmente eran fiestas íntimas celebrando algún triunfo de un miembro del grupo.

Cuando le devolvieron el niño a Margarita, se hizo una fiesta estilo infantil con adornos y biscocho de Barney, el personaje favorito de Pedrito, el niño de Margarita.

Si alguien lograba salir del refugio, o del cuartito compartido, y alquilaba su propio apartamento, allí íbamos todos con la fiesta para calentar el sito.

Celebrábamos cualquier cosa, un año completo en el mismo trabajo, fiesta. Un mes completo en el mismo trabajo, un ascenso. Recuperar el crédito, abrir una cuenta de banco, destruir las tarjetas de crédito para detener las deudas; parar de comprar zapatos compulsivamente. Aumentar de peso, perder peso; comprar muebles nuevos y no de segunda mano; ir de vacaciones, visitar a la familia abandonada por las drogas.

Esas fiestecitas eran íntimas, en apartamentos algunos con pocos muebles, otros con muebles demasiado grandes -forrados de plástico transparente- las ventanas con cortinas de encajes de poliéster y plantas polvorientas, y por donde quiera flores artificiales y figuritas de porcelana que me recordaban mi niñez.

En fin, que esta gente me enseñó el significado verdadero de la palabra gratitud.

Cuando nos íbamos, mientras buscábamos los abrigos, Margarita me dijo que yo le caía bien a Víctor.

"Víctor es un hombre decente." Me dijo. "Aquí hay muchos que están limpios pero que son unos perros."

"Me gusta como baila. En eso hacemos buena pareja."

Víctor nos encaminó hasta la entrada del subway y Margarita le hacía bromas todo el camino hasta que ya nos íbamos a despedir.

"¿Te vas a despedir sin pedirle el teléfono a Anacaona?" Lo miró con fingido enojo.

"Bueno, si ella quiere yo le doy también el mío." Dijo Víctor mirándome a los ojos, como cuando bailábamos.

"¿Pues qué esperas?" Le contesté, sintiendo un calorcito subiéndome por las mejillas. Con un aire elegante disimulando la timidez, Víctor me dio una tarjeta de negocios con un martillo y un serrucho pintados en una esquina. Víctor Rodríguez, remodelaciones de interiores, pintura, carpintería. Un número de teléfono con el área code 212. Yo ignoré el estuchito de mis tarjetas de Carpe Diem que siempre tenía a la mano en un bolsillo del abrigo y busqué en mi cartera una libretita y anoté mi numero con mi nombre y le di la hoja de papel.

Cuando llegué a mi apartamento saqué su tarjeta del bolsillo del abrigo y la puse en la mesita de noche. Cuando me acosté aun sentía sus brazos rodeándome la cintura, y el vaivén de la música y el baile todavía me andaban en el cuerpo como si estuviera en un barco y las olas del mar movían la cama. Antes de apagar la luz miré la tarjetita blanca con letras azules, y la tomé para releerla, pasándole los dedos, sentí el relieve de las letras bajo la yema de mis dedos. Una cosquillita juguetona me subió hacia los brazos, me la lleve a la nariz. Olía a Brut de Fabergé.

Me pasé todo el resto del fin de semana resistiendo el impulso de llamarlo por teléfono. Hacia tanto tiempo que no me había interesado así por un hombre. Ya había perdido la cuenta de los años desde que me dejé de Richard. No lo había recordado en mucho tiempo. Tres o casi cuatro. Romances había tenido. Esa clase de romances que arden con una llama delgada y fría, que alumbra y calienta solamente si estás bien cerca. Duraban dos, tres y uno de ellos duró seis meses porque los dos viajábamos mucho, cada cual por su lado, a destinos de negocios y era agradable volverse a reunir cuando coincidíamos en la misma ciudad. Creo que se llamaba Peter. Seguimos como amigos. No había herida, no hubo amor. También las temporadas secas, sin pasión. La suerte mía es que siempre he conservado a mis amistades, especialmente a mis amigas y con ellas no echo de menos a nadie. Cuando estamos juntas el resto del mundo se borra porque caemos en una burbuja de seguridad y regocijo, en donde no hace falta ni hablar para entendernos, ni hace falta entendernos para querernos. Entre nosotras nunca ha habido traición ni abandono y aunque la distancia nos separa a casi todas, siempre estamos dispuestas a dejarlo todo por reunirnos si a alguna le hace falta nuestra compañía.

En vez de llamar a Víctor, llamé a Teresa. Nadie como ella para pasmarme los ímpetus cuando me estaba desbocando por un hombre. Marqué el área code 757 y el resto del número, rogando que no la fuera a interrumpir de algo importante.

"Conocí a alguien, Teresa." Le dije después de saludarla.

"Si me lo dices tan rápido es que te estás enamorando. Si no es que te enamoraste ya."

"No. Creo que es muy pronto, para eso."

"¿Cuánto hace que lo conoces?"

"Lo conocí anoche en una fiesta."

"Estas malita, Anacaona. Hazte una manuela y con eso resuelves."

"Ya traté, pero su imagen me surge en la mente y tengo que parar, me da vergüenza masturbarme pensando en alguien que conozco."

"¿Pero mujer de Dios y en quien más vas a pensar? La gente normal a veces fantasea con las personas que les gusta."

"Ay Teresa, eso es como violar a la persona. Como me voy a masturbar pensando en alguien sin su permiso para luego saludarlo como si tal cosa."

"Ahora yo quiero que me digas quien se está portando como una monja."

"Teresa, yo no me puedo masturbar pensando en Víctor ni en nadie que yo conozca a menos que ya no hallamos follado."

"Y entonces ¿en quién piensas?" Me dijo riendo.

"En desconocidos, hombres que veo en el subway o en alguien que me haya sorprendido con un buen piropo.
Gente que nunca voy a volverme a encontrar."

"Eso es kinki. Anacaona."

"¿Kinki? Bueno, prefiero kinki y no cometer abuso de confianza." Teresa se seguía riendo desde la isla del encanto. "Además me trae mala suerte." "¿Mala suerte? A ver, cuéntamelo despacio."

"Una vez, me hice una pensando en un chico que me gustaba y yo le gustaba a él, pero todo se pasmó después que me hice la manuela en su nombre." Le dije imitando una voz de llanto.

"Ay, Anacahuita, tienes cosas de no criarte." Cambiando a un tono más serio. "Se llama Víctor y no te atreves ni a llamarlo ni a hacértela en su nombre." Las dos respiramos hondo y nos quedamos calladas por un momento y después me preguntó los pormenores y yo le conté con detalles lo mucho que me había divertido bailando, lo mucho que disfruté de su compañía.

"¿A qué se dedica el dechado de virtudes?" Me preguntó un chin-chin sarcástica.

"Es algo así como carpintero o albañil. Hace remodelaciones de interiores."

"O sea, ¿qué tiene una compañía de remodelación?"

"Más bien, como que es albañil o carpintero. Se busca su negocio." Respiré profundo. "No le dije en que trabajo." De nuevo el silencio, y la distancia se hizo sentir.

"Bueno, sino te vas a hacer una manuela, entonces deja ver si te llama." Me dijo y después nos despedimos.

Pasé una semana pendiente del teléfono y de los mensajes como una adolescente, pero no me atreví a llamar a Víctor. El martes Margarita me llamó y me dijo que el grupo estaba planeando ir al Roseland ese sábado. "Dime si te interesa para sacarte un ticket." Yo iba a pretextar algún compromiso previo.

"Víctor va a estar con nosotros." Me dijo con tono festivo.

"Apúntame con un ticket." Le dije rotunda.

Al otro día por la noche sonó el teléfono, ya yo estaba en la cama acomodadita entre mis almohadas.

"Soy yo, Víctor." Me alegro oír su voz.

"Margarita me invitó a ir al Roseland con ustedes este sábado." Le dije por falta de otra cosa que decir.

"Yeah, por eso te llamo, porque quiero que seas mi pareja, yo también voy."

Por poco me pongo a saltar en la cama de la alegría.

"Parece una buena idea y secundo esa moción." "¿La secundas?" Me dijo bromeando.

"La secundo."

"Entonces, lo sellamos." Imitaba el acento kiskeyano.

"Está sellao." Le dije en mi mejor tono callejero.

Hablamos del clima, del Roseland, las bandas y las orquestas y del último logro de uno de los muchachos del grupo que yo no conocía bien.

Esa salida al Roseland marcó el comienzo de una temporada larga y dulce. Inolvidable.

Pasé el resto de la semana con un ánimo entusiasmado y despreocupado, sin dejar de ser eficiente, puntual y diligente. Me dio con escuchar las canciones románticas de Juan Luis Guerra y desempolvé los casetes que había comprado en los tiempos de Richard, para tocarlos en el sistema de la galería, lo cual no le iba mal porque la exhibición era una colectiva de grabados de artistas haitianos y jamaiquinos de Brooklyn. Jackie, mi secretaria, me miraba con sospecha. "Have you catch a bug?"

"No, Jackie, no se me ha pegado ningún virus."

"Algo te pasa y no me lo has dicho." Me decía en inglés, fingiendo celos.

"Me estoy divirtiendo, eso es todo. Mañana voy a bailar al Roseland."

"The Roseland? Me alegro que por fin te hayas salido de tu caracol."

Jackie y yo llevábamos más de diez años juntas. Conocía a Carpe Diem tanto como yo y al cabo de tantos años y triunfos y fracasos, nos teníamos confianza mutua, aunque siempre sabia guardar una distancia profesional muy sutil lo cual me hacía tenerle más cariño, porque sabía dónde estaba la raya entre la amiga y la jefa y nunca tuve miedo de que se mezclaran y perder a la amiga y a la secretaria.

El jueves y viernes y sábado por la mañana, me levantaba bailando merengue con mi taza de café en la mano. Era por practicar, me decía a mí misma sin creérmelo. Pero el sábado por la mañana comencé a sentir pánico y tuve que llamar a Margarita. No sé porque la llamaba. ¿Qué podía decirme esa muchacha que hasta era diez años más joven que yo? Me hacían falta las muchachas. Con ellas puedo hablar de lo que siento hasta desahogarme o volverlas locas, y entonces me mandan a callar, que ya basta de pendejerías, como dice Awilda. Le tenía confianza a Margarita.

"No sé qué ponerme, Margarita." Fue lo primero que se me ocurrió cuando contestó el teléfono.

"Algo elegante y descarado, Anacaona. Sexy también. Tú sabes como es. Flashy."

"Margarita, me da miedo meter la pata y ponerme algo que no vaya con la ocasión." Lo que yo no quería era desentonar con Víctor.

"Tell you what: ¿qué tal si paso por tu casa temprano y te ayudo a escoger y de allí nos vamos al Roseland?

Cuando Margarita tocó el timbre de mi apartamento ya yo me había arrepentido por lo menos tres veces de haber aceptado su plan, de haber aceptado ir a Roseland. De haber aceptado ir con Víctor. Punto. No valía la pena alborotarse tanto por un hombre. Gastar tanta energía en nuevas amistades y relaciones frágiles que dejaban un hueco cada vez más grande en el corazón, cuando se desintegraban como una casita de paja en un remolino de viento. Pero allí estaba Margarita tocándome la puerta y si se acomplejaba cuando viera mi apartamento y no quería volver a hablarme, ¿qué le íbamos a hacer? Hay quienes no me hablan porque estoy por debajo de su nivel. Eso lo balancea todo.

"¡Que apartamento tan bonito!" Margarita paseó la mirada sonriendo. "Tienes una vista tremenda."

"A tus ordenes, esta es tu casa." Le dije un poco aprehensiva. "¿Gustas un refresquito, un jugo?"

"No gracias. Vamos al grano. Enséñame lo que planeas ponerte."

Nos fuimos a mi habitación y le mostré los vestidos que había seleccionado.

Se nos ocurrió la idea de vestir un poco parecido, así que escogí un traje más o menos como el de ella con manguillos finos, escotado en V, corte princesa, con una torerita combinándole. Mi traje era de un color berenjena y el de Margarita era negro. Me ayudó a peinar y mientras tanto pusimos música y ella me hizo bromas por mis discos y mis recortes de Juan Luis Guerra que había enmarcado y colgado de la pared sobre el componente de sonido y en el baño entre una foto de Salvador Dalí con sus ojos bizcos y otra de Baryshnikov en una pose de ballet.

"Oye, este rubio tiene unas nalgas monumentales." Me gritó desde el baño mientras orinaba con la puerta abierta.

"No me trates de conquistar a mis machos."
Seguí vistiéndome con cuidado para no despeinarme ni

embarrarme el maquillaje. "Ya casi estoy lista."

Margarita salió del baño y siguió para la sala a distraerse mirando las figuritas y cuadros que tenía por donde quiera. Cuando salí de mi habitación con mi carterita en la mano me dio una mirada de aprobación y yo le agradecí con una inclinación de cabeza. "¿No fue tan difícil verdad?"

"Te lo agradezco, Margarita. Es que yo no estoy acostumbrada a ir a lugares para bailar. Mis salidas son para cenas, conciertos y cocktail parties donde lo que se hace es callar o comer, beber y hablar del trabajo. Pero no a bailar y a brincar y saltar."

"Pues prepárate que con nosotros lo que más hacemos es bailar. Cuando uno ha estado en la vida de las drogas uno se acostumbra a estar todo el tiempo moviéndose a alta velocidad, así que al principio lo mejor es mantenerse activo, pero sanamente, en lo que uno se tranquiliza. Yo era una crakera, imagínate. No me puedo tranquilizar completamente de la noche a la mañana."

Bajamos y le dije al portero que nos llamara un taxi. En el camino hablamos del trabajo y de

Pedrito, el niño de Margarita, y lo contento que estaba en su habitación llena de Barney y sus amigos.

"Gracias a Dios te has recuperado bastante rápido, en cuanto a lo económico, y ya tienes a tu hijo."

"Gracias a Dios que mi mejor cliente me hizo el favor de casarse conmigo para frontearle a la corte. También me puso ese apartamento."

"¿Tu mejor cliente?" Yo estaba un poco confusa.

"Cuando yo trabajaba en la calle, él siempre me recogía todas las semanas. Cuando me quitaron a Pedrito me puse peor con el crack, pero Abdul me llevó a un détox a limpiarme y eso me despejó la mente y me fui a trabajar en una lavandería y de ahí seguí subiendo hasta que la corte me dijo que si me metía en el programa de Alianza Dominicana y conseguía mi propio apartamento, y cero prostitución, con un trabajo estable me lo devolvían. Me lo tenían con una familia provisional que lo quería adoptar porque no tenían hijos varones. Abdul me hizo el favor de casarse conmigo y conseguirme un trabajo mejor de recepcionista y ahora soy secretaria."

"¿Y Abdul?" Le pregunté dominando a duras penas delatar mi asombro. "Abdul está buenísimo, es un moreno de la religión de Alá. Tenemos que seguir con el fronte hasta que la corte deje de supervisarme, como por un año más." Con una mirada entre divertida y melancólica. "Por la ley soy su esposa, pero entre nosotros, para él soy su exclusiva. La suerte es que me la sabe poner bien y lo puedo llamar cuando me pica." Nos echamos a reír en una carcajada cómplice. "Espero que me guardes el secreto." Me dijo poniéndose un poquito seria.

"Si tú me guardas el secreto de mi apartamento." Miré hacia las tiendas que pasaban vertiginosas al paso del taxi.

"¿Víctor?

"Tú sabes lo delicados que son los hombres." Dije mirando hacia la licencia con la foto del taxista. "No quiero que se me pasme el chance."

"Víctor es buena gente. Todavía no le he conocido una novia."

"No me digas eso, que me asusto." Yo no quería meterme en nada complicado. Ni herir los sentimientos de nadie. "Yo lo que quiero es bailar sin complicaciones. Una pareja de baile."

"No te procures. Mis labios están sellados."

Cuando llegamos al Roseland el grupo nos esperaba afuera impaciente. Víctor avanzó a abrirnos la puerta del taxi cuando nos vio. Margarita salió primero y luego yo.

"Vaya, esto es un desfile de belleza y yo soy el chambelán." Dijo Víctor a manera de saludo ofreciéndome una mano para ayudarme a salir. Yo acepté con gusto la mano ofrecida y cuando estuve fuera del taxi Víctor acercó mis dedos a sus labios y me los besó con un gesto cómico y breve.

"Y yo soy la ganadora." Dije con fingida altanería.

"Eres la ganadora de todos los corazones." Sonreía pícaramente.

"Víctor, saca a Anacaona de este viento frío. Vámonos para adentro." Alguien del grupo protestó.

Víctor vestía un traje negro con camisa de seda negra también y una bufanda de seda blanca. Llevaba sombrero de ala corta de fieltro y los zapatos negros elegantísimos y brillosos. El Roseland es un lugar de una inmensidad imponente y aunque yo he asistido a muchos espectáculos y conciertos, nunca había estado en un lugar donde tanta gente se congregara con el solo propósito de bailar.

Todos estábamos entusiasmados. El homenajeado se llamaba Enrique. Estábamos celebrando sus cinco años de sobriedad, además de que había logrado conseguir empleo en la New York City Transit Authority y ahora era chofer de autobuses de la ciudad.

"Nos tienes que dejar viajar sin pagar." Le decíamos de broma.

"A ustedes les voy a cobrar el doble, por ser tan bullangueros." Y seguían las carcajadas.

Cuando estaba con ellos no me hacían falta ni el vino, ni los cócteles. No eran como algunas de esas fiestas y grupos que estaba obligada a asistir, que la única forma de soportarlos era dándome un trago fuerte mientras más pronto mejor. Con estos AA y NA siempre había un aire festivo, un motivo de celebración. Cuando llegamos a nuestra mesa ya la orquesta estaba tocando algo que ya ni recuerdo y Víctor, enseguida, con galantería y donaire, me ofreció su mano y salimos hacia la concurrida pista a bailar. Creo que era un mambo. Los bailes y la música se me mezclan en la memoria, lo que tengo claro es la delicadeza con que me trataba Víctor, su olor a Brut de Fabergé siempre presente y sus manos fuertes y callosas atrayéndome hacia él, así como quien no quiere la cosa, pero sin echar para atrás. Yo me hacia la desentendida y lo dejaba que me arrastra para donde él quisiera. No quería pensar mucho si me convenía o no me convenía entusiasmarme con él. Lo que no quería era dar un paso en falso y perder la posibilidad de entrar en su mundo. Había algo en él que iba más allá de sus dotes de buen bailador y de su sobriedad de tres años. Algo que me hablaba de un alma delicada y apasionada, de un hombre lleno de tesón y esperanza. Cuando la orquesta comenzó a tocar los acordes de "La bilirrubina" se formó una bulla en el salón y la pista se atestó de bailadores. Víctor y yo no tuvimos más remedio que pegarnos pecho a pecho para poder bailar. Yo estaba en la gloria y Víctor parece que estaba disfrutando igual que yo porque me dijo al oído: "Gracias a San Juan Luis por este chancecito." Y sentí que me subía un calor del pocito dulce hasta los senos y la boca se me hizo agua y respiré hondo y el también. Pegaditos como estábamos era imposible no sentirlo. ¿Cómo yo logre bailar así, sin derretirme o comenzarlo a besar? No me pregunten. Yo solamente rogaba a Dios no estar haciendo el ridículo y poder controlar la expresión de mi cara que dice Miriam que pongo cuando se me está mojando el pozo.

Al final de la noche, eran casi como la una de la mañana, nos dimos por vencidos. Todo el grupo ya estaba pidiendo que tiráramos la toalla porque Víctor y yo bailamos sin parar desde que llegamos a eso de las nueve, especialmente cuando venían los boleros. Las orquestas sabían lo que hacían y tocaban para complacer a los bailadores. Escogían canciones que facilitaban el romance y la galantería, y cuando sonó "La Hormiguita", los enamorados y los que tenían la esperanza de no irse solos a la cama esa madrugada, volvieron a dar gracias a Dios por haber enviado al talentoso Juan Luis Guerra. Yo me dejé que Víctor se me acurrucara y me acurruqué yo también entre sus brazos, bailando y cantándonos al oído, "eres una hormiguita que me besa y me pica." Me gustaba que Víctor no fuera un artista, ni empresario, ni editor de libros, ni escritor ni nada de eso. Me gustaba que no tenía que hablar de mi trabajo como tema de conversación para sustituir la comunicación, me gustaba que Víctor no trataba de impresionarme con sus cuentas de banco y mencionando sus relaciones en la empresa tal o la revista mas cual. Hasta me gustaba que no bebiera por qué así no trataba de impresionarme ordenando Dom Pérignon, ni

Courvoisier, ni ninguna bebida que anunciara a todo el mundo con letras grandes: Tengo Dinero, Mucho Dinero. Tampoco me admiraba por ser "exótica" como mis amistades gringas, incluyendo mis amigos morenos americanos, que me encuentran exótica. Para mí lo que quieren decir es que me creen un juguete, una persona de cartón que siente y piensa como en las películas de los paraísos tropicales. Llegó un momento en que para mí exótica era sinónimo de tener la chocha en la cabeza y una vez descubrí que uno de mis novios pensaba que no tenía ni siquiera que besarme para que me mojara. Llegaba y decía: "estoy listo" y me enseñaba su fabulosa erección y procedía a empujarme hacia la cama. Cuando le pedí que necesitaba un poquito más de tiempo y amor me dijo con la mayor naturalidad: "Exotic girls are always ready". Las exóticas siempre están listas. Por lo visto de acuerdo con esa definición él era más exótico que yo. Así terminó ese romance, que confieso era más bien un saca leche, pero ni tanto ni tampoco. Duramos juntos dos semanas. Desde entonces cuando oigo que un pretendiente me admira por exótica, me entra un no-sé-qué y enseguida lo borró de mi lista, no le acepto invitaciones. Pero Víctor en Roseland era divino y yo no tenía que preocuparme por nada, excepto que se acomplejara por trabajar en la construcción y yo por ser dueña de mis galerías, y eso pensaba mantenerlo lo más disimulado posible aunque no sabía por cuánto tiempo. Pero para eso faltaba una eternidad. Ahora yo estaba en sus brazos bailando en el medio de la galaxia flotando en polvo de estrellas, como una adolescente en su primer baile con su enamorado, y él y yo éramos una hormiguita y cantábamos, que me besa y me pica.

"¡Ya está bueno! Vámonos, o me voy y los dejo." Gritó Margarita cuando se acabó la canción. "Si ustedes se quieren quedar, quédense, pero yo me voy."

"Calma, calma. Ya nos vamos." Gritó Enrique que también estaba bailando con una de las otras muchachas que nos acompañaba. Había que gritar porque la música era alta y solamente gritando o susurrando al oído se podía escuchar lo que se decía.

"Vamos a buscar los abrigos." Margarita se convirtió en nuestra pastora. "No me puedo amanecer en la calle, recuerden que tengo a Doña Elvira durmiendo en casa cuidándome a Pedrito es la primera vez que se lo dejo tan tarde y no quiero quemarme con ella tan rápido."

"Esa debe estar mirando películas, todavía es temprano dijo Enrique."

"Margarita tiene razón." Dijo Víctor. "No se puede abusar de la gente."

Tomamos nuestros abrigos y salimos al aire frío a competir por un taxi. Pero ni tanto, porque era temprano y todavía la gente estaba llegando al lugar y mientras se bajaban los que llegaban se subían los que se iban.

"Si quieres te acompaño." Me dijo Víctor tomándome de la mano. Me sentí tentada a llevármelo para mi casa y prepararle un chocolate caliente con casabe y mantequilla.

"Me gustaría, pero mejor otro día." Levanté la mano para llamar al taxi de turno. Me despedí de todos con besitos en la mejilla. Víctor se quedó de último para darme un besito en la esquinita de los labios, que correspondí sin mirarlo a los ojos.

"Te voy a llamar" Le dije coqueta.

"Te voy a esperar la llamada." Me dijo dudando.

"Invítenme a la próxima." Dije desde la ventana del taxi. "Margarita, mañana hablamos."

"Okay, pero yo por la mañana voy a estar con Pedrito, llámame al mediodía."

"Llámame cuando llegues." Me dijo Víctor

"Yo vivo más cerca. Mejor llámame tú cuando llegues." Y golpee el cristal del taxi para que arrancara.

Sé que tomaron el taxi hasta la boca del subway y de ahí en tren para sus casas. No podían costearse una trayectoria tan larga en taxi, por eso entre otras cosas no le acepte la invitación a Víctor de acompañarme en el taxi porque iba a querer pagar y yo todavía pensaba que era un abuso teniendo yo más dinero. Esto no iba muy bien. Si comenzaba a cogerle pena se me iba a pasmar el antojo y en verdad que no sabía qué hacer. Tenía que quebrar este celibato forzado, pero no a costa de romperle el corazón ni los bolsillos a nadie. Ni yo misma me comprendo. "Te atormentas sin necesidad, quien sabe si lo que él quiere es echarte un polvo y nada más." Me decía a mí misma para despejar mi dulce angustia. Llegué a casa y casi corro hacia el ascensor, apurándome para llegar y ponerme cómoda para cuando él llamara.

"Buenas noches miss Ventura." El portero, con sus ojos de cabro trasnochado por la cafeína o la cocaína o por ser un insomne empedernido, veía mí llegada como una oportunidad de espantar el sueño, pero yo no estaba para comentarle la actividad, como casi siempre que llegaba tarde y tenía que esperar el ascensor. Venía a abrirme la puerta, a empujar el botón de subida.

"Buenas noches míster García,"

"¿Mucho trabajo hoy también?"

"No. Esta noche estaba bailando en Roseland."

"¿Roseland? Yo voy a veces con los amigos a bailar allí. Se goza mucho."

"Hasta luego." Me metí casi de un salto en la cabina por miedo a que me preguntara pormenores y tener que desairarlo.

Ya en mi apartamento, me puse mi negligé de seda Victoria Secret, rosada y cremosa con su brillo satinado, y me miré al espejo satisfecha de haberme permitido el lujo de divertirme sin preocupaciones. Me limpié el maquillaje y me cepillé los dientes bajo la mirada asombrada de Dalí, mientras Baryshnikov sonreía indiferente y Juan Luis Guerra curveaba sus labios bajo una mirada tristona. "No te puedes quejar, me diste una noche bonita." Escupí la espuma en el lavamanos y me enjuagué la boca mirando la foto en la pared. "Apuesto a que eso te lo dicen todas." Le dije coqueteándole y lanzándole un beso, me sequé la cara y me fui a la cama.

Cuando el teléfono sonó yo estaba dormida.

"¿Te desperté?"

"Si."

"Pues te hablo más otro día."

"No, háblame ahora, aunque me quede dormida."

"Anacaona, me gustaría bailar contigo todos los días. Nunca había tenido una pareja como tú."

"Eso se lo dices a todas." Me reí infantilmente.

"Y tú eso se lo dices a todos."

"Si, hasta al mismo Juan Luis Guerra se lo he dicho."

"Me imagino que lo conocerás personalmente."

"No, nunca lo he visto ni en concierto."

"¿Que no lo has visto en persona, con lo tanto que te gustan sus canciones? Eso tendré que resolverlo pronto."

"Él no es el único de mis artistas favoritos que no le he ido a un concierto. A veces cuando me entero que hay un show, sino es que ya ha pasado o ya no hay taquillas, es que yo estoy comprometida ese día." No quise decir o fuera de la ciudad.

"Yo lo que quisiera es llevarte a pasear, a bailar; para hablar y conocernos."

"Eso suena como un buen plan, Víctor. Me apunto en la lista de las que pasean contigo."

"La lista tiene más de cien páginas y están llenas con tu nombre."

"Eso te quedó bonito."

"¿Y yo, estoy en tu lista? Aunque sea en la página dos, en lo que voy subiendo en el rating."

"Bueno, déjame ver si te hago un huequito."

"Me conformo con un huequito en los weekends."

"Bueno, ahí veo uno para el domingo que viene por la tarde."

"Ese huequito esta bueno. ¿No te importa que hablemos antes?"

"No, no me molesta. Pero yo llego tarde, a eso de las diez casi siempre."

"Pues hasta el miércoles, hormiguita."

"Hasta el miércoles Víctor." Y colgué el teléfono con ganas de masturbarme, pero no pude, porque cuando se me surgía en la mente la cara dulce de Víctor, se me pasmaban las ganas y a parte de él, la única cara desconocida que pude evocar era la del taxista, un punyabi de la

India con turbante negro, que tampoco ayudaba. Abandoné el proyecto y me quedé dormida pensando que desde mis tiempos universitarios no salía a bailar por puro gusto y sin compromiso.

Capítulo 5

La semana pasó lenta, llena de trabajos y de emergencias en Carpe Diem. La calefacción se rompió y el encargado del edificio no respondía las llamadas. Además de que los clientes se quejaban, Jackie y yo parecíamos dos helados de coco y tamarindo; ni los guantes nos atrevíamos a quitar. Encima de eso un periodista venía a cubrir la exposición que teníamos de pintoras sobrevivientes del cáncer del seno y yo me recordé de Víctor como si hubiesen pasado dos años desde el fin de semana. Víctor llamó el miércoles como prometió.

"Te siento diferente, hormiguita." Me dijo después de una pausa.

"Sí. Es que ayer llegué al trabajo y me encontré con que las boilas están rotas y la galería parece un frigorífico. Conseguí calentadores portátiles, pero no es lo mismo, el lugar es muy grande." No le quise seguir contando para no parecer una quejosa. Me consoló con bromas cariñosas y me contó cómo le había ido en la semana.

"Estoy remodelando la cocina de un cliente en Sugar Hill. Hay gente comprando edificios viejos y remodelándolos para alquilarlos. A veces es un problema porque el lugar está en peores condiciones de lo que parecía pero esta cocina es un tesoro escondido, con muchos detalles genuinos debajo de toda la pintura y el yeso viejo."

Sus palabras eran un bálsamo. Escucharlo hablar de cosas tan concretas como remodelar una cocina era para mí como escuchar un poema. Había olvidado esa sensación de solidez que se adquiere cuando se logra construir algo con las manos para uso cotidiano. Mis artistas y enamorados, y la mayoría de los que frecuento, son gente soñadora que te habla de escribir poesía y le llaman "mi trabajo". Cuando están pintando dicen que están trabajando y todo es el trabajo de fulano y el trabajo de zutana, y tan solo se trata de un cuadro o un libro de poesía. "Trabajo es cuando hay que estar de sol a sol

fajao para que te paguen". Así decía mi abuela
que en paz descanse.

Quedamos de vernos el domingo por la tarde.
Tenía que atender a las mujeres de la
exposición, además que me caían bien como
personas y quería disfrutar de su compañía.
Eran mujeres que habían estado en el otro lado
de las cosas y habían regresado con el espíritu
intacto, sino más fuerte. Aunque dejaron
pedazos de su propio cuerpo en la jornada,
volvieron triunfantes y estaban allí para
contarnos la historia. Para darnos valor. En la
recepción conversamos y nos sacamos fotos
para el álbum de Carpe Diem. Yo las miraba a
los ojos tan profundos y fieros. Tan hermosos
en su profundidad centrada. Algunas todavía
llevaban peluca y excepto por una, que parecía
lesbiana, a ninguna se les notaba si les habían
cortado un seno. Por eso le llame a esa
exhibición The Amazons Chronicles. Porque
había leído en algún lugar que las amazonas se
cortaban un seno para que no les estorbara en
el arco y flecha.

El domingo por la tarde, cuando me encontré
con Víctor tuve que hacer un esfuerzo para
recuperar el embriague de la onda danzante del
Roseland. Víctor quiso pasarme a buscar a
Carpe Diem, pero acordamos mejor

encontrarnos en algún lugar más relajado, para comenzar a disfrutar enseguida, dije yo, y no tener que comenzar a buscar un sitio. Nos encontramos en 7 & A Restaurant porque era cerca de la galería. Llegamos casi al mismo tiempo porque él ya casi estaba a la entrada cuando yo venía doblando la esquina, todavía pensando en los horarios y en la necesidad de ser puntual, no dejar a la gente esperando. Lo vi y como por instinto el miró hacia atrás y me vio. El abrigo negro que parecía como un Calvin Klein con el sombrero en combinación y su bufanda de aviador, de seda blanca con hilos negros, parecía un vintage. El bigote bien trazado pero natural sin rebusque y sus ojos negros límpidos y tranquilos, contentos de verme.

Sin darnos cuenta nos tomamos de las manos y nuestros labios se tropezaron en un beso suave que debió haberse posado en la mejilla. Sus labios en los míos tenues como alas de mariposa. Entrecortados, nos sonreímos con timidez y nos encogimos de hombros para despejar el sonrojo.

Por coincidencia no habíamos desayunado y teníamos un hambre espantosa. Por suerte que 7 & A tiene el brunch hasta después de las cuatro de la tarde y eso fue lo que pedimos. Yo con mis huevos a la florentina y él unos pancakes con fresas. Enseguida que ordenamos pensé que era una mala idea, sentarnos a comer, ¿de qué íbamos a hablar? No teníamos nada en común excepto dos veces que nos habíamos encontrado para bailar y unas llamadas por teléfono. Y ahora ¿qué? Tan pronto y ya nos estábamos dando besitos de piquito. Si las muchachas hubiesen estado allí y yo les hubiese bajado con ese cotorreo, me hubiesen mandado a callar y a no pensar tanto. Y eso hice. Víctor sonreía y trataba de ponerme conversación, pero todo caía en un bache estancado que no me dejaba casi respirar. Entonces como si nos hubiesen dado una señal, estallamos en risa y mientras más nos mirábamos, más nos daba ganas de reír. Nos buscamos las manos.

"El baile lo facilita todo, ¿verdá?" Me dijo comprensivo.

"Si. Ahora es como si fuéramos otras personas a la que nunca hemos visto antes." Respondí casi con un resoplido.

De allí nos fuimos a Simphony Space. Tenían un show con Dave Valentín y Jerry González. Y luego caminamos un poco alrededor de Broadway, mirando las vitrinas y comentando sobre lo que tenían. Zapatos era nuestro punto en común. El admiraba los zapatos de mujer que yo le mostraba, y a mí me gustaban los que él me enseñaba. Y en eso me mostró un par de zapatos bellísimos con el talón afuera y trabillas.

"Esos se ven perfectos para bailar." Me dijo apuntando con la barbilla. "A ti te quedarían perfectos. Te los regalaría si me dejas, para que vayamos a bailar la próxima vez."

"No me digas que tienes un fetiche con los pies." Le dije para salir del paso.

"Al que le gusta bailar, le tiene que gustar todo lo que tiene que ver con los pies. Eso es todo lo que uno mira en el baile lo que hacen los pies, lo que hace el cuerpo en relación a los pies."

"Entonces te debe gustar todo tipo de baile." Le dije un poco retadora.

"Bueno, se podría decir que sí. Aunque fuese tan solo en teoría." Víctor sonrió como quien escapa de una posible encerrona.

"Entonces te debería, en teoría, gustar el ballet clásico o el ballet moderno."

Me miró anonadado, y de nuevo nos echamos a reír.

"Ya veo por dónde vienes." Me respondió negando con la cabeza. "¿Me vas a tratar de comprometer con ir al ballet, o algo así?"

"Tú te lo buscaste." Le dije con un tono de yo-me-lavo-las-manos.

"Si, eso me debe enseñar a medir mis palabras contigo." Sonreía asintiendo resignado, aceptando la derrota.

"Ahora, que si eso es mucho para ti."

"Yo soy un hombre macho." Dijo parando el pecho con histrionismo. "Yo no salgo corriendo tan fácilmente."

Nos reíamos y bromeábamos y nos volvíamos a reír hasta que yo dije:

"En serio ¿irías al ballet?

"Ponme a prueba."

"Tú te lo buscaste." Le dije mirándolo con un poco de lascivia.

"Vamos arriba, tírame con todo lo que tengas." Me miraba a los ojos con sosiego y paz. "Es más, tell you what, yo voy a buscar el ballet y soy yo quien te va a invitar."

"¡Aprobado!

Nos despedimos en el subway. Víctor insistió en encaminarme hasta la misma puerta del carro y seguimos hablando, contándonos historias de restaurantes, y de cómo eran las cosas hace diez años antes de que abrieran el restaurante 7 & A. Sobre el Lower East Side y los puertorriqueños que antes vivían allí, del éxodo y el cambio de población.

"Ahora los pobres no pueden vivir ahí." Me dijo un poco airado. "Lo que antes costaba doscientos dólares de alquiler, ahora cuesta dos mil."

"Por lo menos mucha gente salió del vecindario porque encontraron un sitio mejor para vivir." Le dije, pensando en mi propia historia.

"Es verdad. También otros regresaron a la isla. A atender las fincas que dejaron abandonadas en los años cincuenta y cuarenta. Mis padres, por ejemplo." Víctor me contó cosas que ya sabía, pero yo las había estudiado y él las había vivido. La ola de puertorriqueños que se vio obligada y hasta forzada a abandonar el campo con sus finquitas por que el mercado puertorriqueño estaba invadido con productos de la United Fruit o sus asociados, y los campesinos no tenían quien les comprara los productos. Entonces los venían a recoger por camiones para traerlos a las fincas de los Estados Unidos. A Virginia para trabajar en el tabaco, a Florida, hasta a California. También se los llevaron a Hawaii a sembrar caña y piña. Y también a La Romana. Entonces le cobraban el pasaje, la comida y el alquiler, y lo que sobraba nunca alcanzaba ni para la familia. La mayoría buscaba la forma de escurrirse hacia Nueva York, otros venían a Nueva York directamente e independientes, empujados por el hambre compulsoria. Víctor no me dio muchos detalles de su familia.

"Ya todo eso pasó. Recordarlo es mejor hacerlo con orgullo que con tristeza. Ahora son otros tiempos. Le hemos allanado el camino a muchos, y algunos ni se dan cuenta." Me lo dijo con un tinte tenue de rabia en la voz, como si quisiera empujar unos recuerdos empecinados. En esos momentos yo tampoco me quería recordar de los cuentos de la abuela con la United Fruit, ni de la compra de tierras baratas en Kiskeya, ni de la siembra experimental de plátanos y guineos que iniciaron en mi país y que catapultó la plaga bananera en todas las demás repúblicas de la América tropical. Mejor no seguir la ruta del trazo de sangre bajando por el mapa desde mi país, rumbo abajo, más allá del Canal de Panamá. Ahora yo lo que quería era conseguirme un novio cariñoso que me supiera comprender y la política nunca ha sido mi mejor aliada.

Lo nuestro fue un amor de verano otoñal. No solo porque comenzó en noviembre sino por nuestra edad. A veces nos sentíamos como adolescentes, pero con la aprehensión que deja la experiencia de los desengaños y errores amorosos.

"Ya tengo los tickets para el ballet." Me dijo por teléfono una semana más tarde. "Los compré enseguida porque ya no quedaban muchos asientos y este ballet parece que es un hit. Espero que puedas ir, sino yo busco otro show."

"¿Para cuándo es?" No me esperaba que fuera a tomar lo del ballet tan en serio.

"Para el otro fin de semana. También quisiera invitar a
Margarita y a Pedrito, sino te molesta."

"¿Margarita y Pedrito? Claro que no me molesta." Pero ¿qué ballet podría ser? Yo estaba tan ocupada en esos días empacando una exposición para mandarla a San Francisco que no me fijaba en la vida a mí alrededor.

"¿A que no adivinas que vamos a ver? La clave está en
Pedrito"

117

"¿Algo que le gusta a un niño?"

"Caliente."

Cuando llegué al Lincoln Center Margarita, Pedrito y Víctor ya estaban esperando en el vestíbulo del American Ballet Theatre. Todos muy bien vestidos. Tan pronto me vio, Pedrito vino corriendo a saludarme.

"¡Vamos a ver el Nutcracker, Tití Ana!" Me dijo enseñándome el nuevo libro de El Cascanueces que le habían comprado.

Margarita y Víctor se acercaron a saludarme con besos y abrazos. Yo no pude evitar buscar los ojos de Víctor para expresarle mi admiración.

"Me traje a mis refuerzos para que me ayudaran." Dijo riendo pícaramente. "Esto del ballet es fuerte y no se puede encarar solo."

"Yo nunca había venido al Lincoln Center, con tantos años que llevo viviendo aquí." Dijo Margarita mirando asombrada a su alrededor.

"Yo como no sé de esto, comencé con algo fácil para niños. En el ballet estoy en pre-kínder." Dijo Víctor tomándome de la mano, atrayéndome hacia si con ternura y discreción. "Yo también estoy en pre-kínder!" Dijo Pedrito alborotado.

"Hoy todos estamos en pre-kínder." Dije apretando la mano de Víctor.

Capítulo 6

Margarita y yo nos hicimos amigas poco a poco y gracias a Pedrito. Ella era más joven que yo y no teníamos mucho en común, excepto que éramos las dos dominicanas. Nuestras vidas eran diferentes como del cielo a la tierra, lo cual tal vez facilitó las cosas, porque en su compañía yo me sentía liberada de seguir la formula prescrita por un pasado común o unas reglas sociales. Ella nunca trató de sacarme provecho, y yo nunca traté de salvarla ni de darle limosnas. Si acaso, la necesitada era yo, porque su compañía era una brisa refrescante en mi rutina solitaria. Tan solo podía acompañarnos a lugares que pudiera traer a Pedrito porque no se le hacía fácil conseguir a alguien que se lo cuidara y por lo poco que podía pagar. Lo otro era que tenía miedo de que le sucediera algo al niño mientras ella estaba paseando y la trabajadora social la acusara de descuido y se lo volvieran a quitar. Me recordaba a mi madre que se dedicó a mí en cuerpo y alma y no se atrevió a tener un novio públicamente hasta que yo entré en la UPR. El problema con Margarita era que cuando Abdul venía a visitarla, Pedrito preguntaba si ese era su papá y ella no quería confundir al niño, ni tampoco mentirle. Pero mientras no consiguiera un mejor trabajo, la corte iba a estar encima de ella y no podía prescindir de Abdul porque gracias a él podía brindarle a su hijo un hogar limpio y cómodo en un edificio bastante decente. Así que por falta de niñera casi siempre ella inventaba fiestecitas en su apartamento. Un sancocho o un pernil horneado y allí iban a parar sus amigos de la recuperación que no tenían un apartamento propio, y algunos que a veces no tenían ni suficiente dinero para comer.

Un día la fiesta se formó en casa de Víctor. Ya habían pasado las Navidades y Víctor me llamó para planear la despedida de año. Yo no quería hacer la fiesta en mi casa porque todavía tenía miedo de ahuyentarlo con mi opulencia.

"Tell you what. Hagamos la fiesta en mi apartamento y de paso me visitas sin miedo a que yo te vaya a morder." Me alegré de que habláramos por teléfono y no me viera titubear.

Así entré por primera vez en el santuario de Víctor, cargando con una caja de sidra Martinelli sin alcohol. El lugar era impecable, sencillo y elegante, con una sensualidad viril distinta a la masculinidad cliché de armario gay de los espacios de algunos de mis amigos.

"Bienvenida a este humilde lugar." Me dijo al abrir la puerta. Enseguida me quitó la pesada caja de mis manos. "¿Por qué no me llamaste para bajar a ayudarte? Esto pesa mucho, hormiguita." Y me dio un beso en los labios. "Pasa adelante."

"Este apartamento está de revista." Le dije admirando las paredes pintadas de colores tierra y fuego y los muebles elegantes de segunda mano reacondicionados a la perfección. Salpicado de unos cuantos objetos ornamentales, artesanías y fotos de Puerto Rico. Una planta aquí y otra allá. Todo sencillo y utilitario, elegantemente sobrio. Un refugio para el descanso y el sosiego, reflejando la parquedad de un hombre soltero que le gusta vivir bien pero que no tiene demasiado ánimo de dedicarse a decorar.

Eran como las ocho de la noche y ya Margarita había llegado con Pedrito y dos o tres compañeros de recuperación, como ellos decían. Habían traído comidas compradas o caseras y siguió llegando gente hasta que éramos un grupito como de catorce o quince ocupando todos los asientos disponibles en la casa. La música sonaba y dos parejas bailaban en el pequeño espacio, la mesa y el mostrador de la cocina estaban llenos de deliciosos platos. Pedrito era el centro de atención para algunos, la televisión para otros, otros jugaban un juego de mesa que ya no recuerdo y Víctor y yo aprovechábamos para mirarnos y decirnos cositas, tirarnos indirectas tocándonos la puntita de los dedos, tomando turno para sacarnos a bailar sin aspavientos. Dejándonos llevar por la música para acercarnos más y embriagarnos mutuamente con el olor del otro, arrullados por el pulso y el latir de nuestros cuerpos envueltos en una pasión contenida. Yo tenía que hacer acopio de fuerzas para no estrujarle los senos y pegármele del miembro, que de lejitos como estaba, mi pelvis le adivinaba túrgido por el calor que le emanaba.

Pero yo nunca me atreví a esas cosas con un hombre que de verdad me gustara, y él se portaba como un hombre enamorado, no como un animal en celo.

Como a eso de las diez, Margarita se nos acercó con expresión contrariada.

"Abdul me acaba de bipear, quiere pasar la despedida de año conmigo, y yo no lo quiero traer para acá." Dijo casi haciendo pucheros.

"Bueno, pero a lo mejor te conviene que venga." Le dije a manera de consuelo. "Tal vez quiere vivir en serio contigo y ¿qué mejor momento que la víspera de año nuevo?"

"No trates de consolarme, Anacaona. Abdul no quiere tener un hogar conmigo, ni yo con él. No soy de su religión ni me voy a convertir. Él es un buen amigo, es verdad, pero lo que él quiere de mi es la relación que tenemos ahora, ni más ni menos. Me lo dijo claramente para que no me hiciera ilusiones. El cuento de la cenicienta rescatada por el príncipe no es para mí. Le agradezco que se ha portado como un amigo cuando yo necesitaba una mano salvadora."

"Pero no te amargues la fiesta. En lo que te podamos ayudar aquí estamos." Le dijo Víctor. "Deja al niño aquí y ven más tarde a buscarlo cuando Abdul se vaya."

"Es una buena idea." Dije aliviada por salir del rumbo que llevaba la conversación, pues nos estaba bajando el ánimo. "Pedrito se lleva bien conmigo, yo lo entretengo y luego lo acuesto a dormir si se duerme."

Ella nos miró dudosa. Primero a Víctor y luego a mí.

"¿Ustedes creen?" Miró a Pedrito que bailaba con una de las muchachas y luego me miró a mí. "Si se duerme, déjenlo durmiendo aquí en la sala donde lo puedan ver. No quiero que nadie se vaya a meter en el cuarto estando solo."

"En el sofá lo dejamos hasta que tu llegues." Víctor pronunció las palabras con la solemnidad de un juramento.

"Seguramente que Abdul se irá un poquito después de las doce, yo bajo en un taxi. Este es mi beeper." Y en un papel escribió un número.

Pedrito no se quería quedar, pero entre todos lo engatusamos y lo distrajimos hasta que Margarita se logró escabullir sin que se diera cuenta. No tardó una hora en quedarse dormido en mis brazos y como le habíamos prometido a Margarita, hicimos espacio en el sofá y con una sábana y una almohada lo acomodamos a dormir hasta que su madre regresara.

En la despedida de año brindamos con la sidra en vasos desechables sin hacer mucha bulla para no despertar a Pedrito. Víctor y yo nos felicitamos en un abrazo breve y casi impersonal porque las circunstancias demandaban nuestra atención. Había que abrazar a los demás, despejando la cabeza de recuerdos y añoranzas de la gente querida y ausente.

"Yo llamé a mi mamá esta tarde." Me dijo luego de brindar por un año próspero y lleno de felicidad.

"Yo llamaré a la mía mañana." Le dije sin mirarlo, con la vista fija en las luces de la ventana del edificio contiguo.

Nos pusimos a bailar y después de un rato la gente comenzó a despedirse, mientras los que íbamos quedando comenzamos a ayudar a recoger y a limpiar para que los que fueran saliendo se llevaran una bolsa de basura para ponerlas en los zafacones de abajo.

"La que no viene es Margarita." Dijo Víctor inquieto.

Yo había pensado lo mismo y me di cuenta que por más rápida que fuera la cosa, Margarita no podía despachar a Abdul en menos de dos horas y que para nosotros, la velada con Pedrito iba a ser más larga de lo que habíamos pensado. Pero no importaba.

"A mí nadie me está esperando." Dije levantando los hombros.

"Ni a mí tampoco." Dijo Víctor sonriéndome.

Al cabo de un buen rato el teléfono sonó y era Margarita.

"Conmigo no hay problema." Le dijo Víctor y luego me pasó el teléfono.

Abdul no tenía prisa esa noche. Le habían matado a uno de sus hombres en un tiroteo y estaba un poco afectado. Margarita no sabía cuánto iba a tardarse.

"Como una hora más." Me dijo con un poco de vergüenza en el tono de la voz.

"No te preocupes, yo me quedo aquí con Pedrito hasta que tú regreses."

Cuando colgué el teléfono Víctor y yo nos miramos con una expresión de "y ahora, ¿qué?" Todavía teníamos a Ramón con su morena Kaisha y decidimos aprovechar para darle a Kaisha una lección de baile.

"Enséñenmela a bailar." Nos dijo Ramón en español. "Para que se le pase la timidez cuando vamos a las fiestas de hispanos."

127

Así, comenzamos a despertar la fiesta entre nosotros cuatro. Víctor puso el disco de Guavaberry porque era bilingüe y a Kaisha le gustó. Le enseñamos merengue porque se le hizo más fácil.

"¡Merengue is fantastic! ¡Irresistible!" Y meneaba la colita para beneplácito de Ramón que le decía:

"I gonna marry you!" Le decía que se quería casar con ella con ojitos de cordero enardecido, apretándole la cintura.

Víctor y yo nos reíamos con simpatía sin atrevernos mucho a mirarnos a los ojos. El me enseñó unos pasitos y unas vueltitas de fantasía como esas parejas de baile que uno ve en la televisión o en las películas.

"Te voy a exhibir cuando vayamos a bailar." Me decía con orgullo mirándome moverme bajo su dirección. Yo seguía luciéndome para seguirle el juego y porque me estaba divirtiendo como hacía mucho tiempo no me divertía en una despedida de año.

Pero al rato de tanto merengue, bolero y bachata, Ramón y Kaisha se comenzaron a poner románticos y pretextaron cansancio. Además de que era tarde y tenían que tomar un tren. Se despidieron llevándose una bolsa de basura para contribuir a la limpieza. Los despedimos diciéndoles adiós parados en la puerta y se fueron cantando "guavaberry" con Ramón metiéndole una mano por dentro del abrigo a Kaisha pare tener mejor acceso a sus abundantes glúteos.

Víctor y yo nos reímos otra vez y cerrando la puerta nos enfrentamos a un apartamento en el cual estábamos prácticamente solos, sino contábamos a Pedrito que dormía plácidamente en el sofá como si fuera su propia cama.

"Voy a buscarle una sábana para arroparlo." Se le ocurrió decir a Víctor. Y yo me puse a recoger los últimos vasos que quedaban en la mesita. Arropamos al niño que tan confiado dormía como un angelito color canela, pelo negro rizado y labios carnosos. La promesa de un futuro hombre buen mozo, elegante y cariñoso. Porque a pesar de los muchos empujones que en sus tres añitos le había dado la vida, Pedrito era un niño dulce y tranquilo, inteligente y muy simpático, que adoraba a su madre y cuidaba sus juguetes y su ropita, manteniéndose tan limpio y arreglado como su madre lo había dejado.

"Voy a preparar un cafecito. ¿Te apuntas?" Víctor ya estaba en la cocina sacando el café

Bustelo de la alacena. Coló un café robusto y espeso que me llego hasta la médula, reanimándome.

"Con este cafecito nos mantendremos en pie hasta que llegue Margarita." Miré mi reloj y bostecé un poquito, mirando por la ventana hacia la calle.

"Ven, siéntate ahí que te voy a dar un masajito en los pies." Víctor me arrastró por la mano hacia un sillón y se sentó frente a mí. "Pon el pie aquí." Y se palpo un muslo.

Levanté el pie con duda pero intrigada, y dejé que me quitara el zapato y comenzó a masajearme con las pantyhose puestas. Primero le dio vuelta al tobillo para este lado y para el otro y luego el arco, el talón, y los dedos. Yo comencé a sentir una ola dulce de tranquilidad y descanso subirme por la pantorrilla hacia arriba, bien arriba y a pesar del café, comencé a sentirme como mecida en una hamaca suavemente.

"Me vas a hacer dormir Víctor."

"Bueno, si quieres duérmete. Estás en tu casa, hormiguita." Me contestaba con una voz ronca y pausada, mientras me soltaba el pie para tomarme el otro. Yo quería abrazarlo, besarlo. Tenerlo entre mis brazos. En otros tiempos lo hubiera hecho. Me le hubiese sentado en los muslos y me le hubiera brindado hasta obtener de él todo el placer que quisiese. Pero ya esas cosas no me hacían gracia y a la larga no gozaba tanto como quería. Víctor parecía un hombre sensible de esos a los que no se les puede engañar. De esos a los que se les puede romper el corazón si uno se pone con juegos. Yo nunca he herido a nadie a sabiendas, si es que he herido a algún hombre no me he enterado. Nunca nadie ha hecho ningún aspaviento cuando nos hemos separado, ni el mismo Richard trató mucho de convencerme a continuar lo nuestro. Muy civilizado. Me dejó tres mensajes en la contestadora del teléfono y me mandó una acuarela de aquel esbozo que pintó de mí el primer día que lo vi desnudo en su estudio en Ajijic. El retrato de una mujer casi de espaldas, con una taza en la mano. Una mujer sola. Lo dejé en el mismo paquete de Federal Express en que vino a la galería, donde todavía debe estar en algún estante en la trastienda. Pero ya no quiero las mismas caricias. No sabía que podía darle a un hombre que no fuera lo mismo de siempre. Para recibir lo mismo. Ya me había enamorado y vuelto a desenamorar y ya ni el sexo me satisfacía de la manera que salía, una formula automática y repetida.

Como un tren que marcha a la misma velocidad y con paradas predestinadas. Pero Víctor, con su bigotito y su Brut de Fabergé, su apartamento limpio, sus pasitos de baile, su cafecito y sus masajes en los pies me daba el deseo de que fuera distinto para mí sentirlo. Sin esa muralla invisible que todos llevamos a cuestas como un pecado original.

El timbre de la puerta me sobresaltó.

"Te quedaste dormida." Me dijo Víctor sonriendo, poniéndome los pies en el suelo. "Debe ser Margarita." Y fue a contestar el intercom.

"Tengo un car service esperándome abajo." Margarita vino directamente al sofá donde Pedrito dormía. "Si quieres te lo envió cuando me deje en casa y le das una buena propina. No hay mucho servicio en la calle."

Iba a decir que si y miré a Víctor que me tomó la mano.

"Quédate." Era casi como un ruego o un mandamiento para salvar la brecha que yo celosamente insistía en mantener entre los dos. Respiré profundo sintiendo los efectos retrasados del café calentarme las mejillas.

"Quédate."

Y me quedé.

Cuando Víctor y yo nos vimos solos, nos caímos encima como dos locos que han estado separados del mundo y no han visto gente por más de diez años, como dos muertos de hambre que no han comido buena comida por meses, como gente perdida en el desierto que encuentra un oasis de agua fresca de manantial. No sé cómo nos quitamos la ropa. Sé que él puso, según dijo, "una musiquita para ayudar un poquito," porque él también estaba fuera de práctica. Pero primero comenzamos bailando en la sala y nos dimos nuestro primer beso, lo cual me convenció de quedarme porque todavía yo tenía planeado mi escape. Le dije que sí, todavía pensando en no desairarlo en frente de Margarita, para luego escabullirme cuando ella se fuera.

"De aquí tú no te vas." Me dijo adivinando mis intenciones y me aprisionó los labios con los suyos no dejándome más alternativa que acariciárselos con mi lengua.

"Tú te lo buscaste." Le dije abrazándolo y abriendo mi boca al ímpetu de su pasión. Me besaba en el cuello, le mordía los labios. Me acariciaba el pelo y seguíamos bailando un bolero y así me invitó a su dormitorio con un gesto pidiendo clemencia. Cuando le noté el martirio que le abultaba el pantalón, pensé, "esto no me lo pierdo." Antes de caer en la cama me dijo:

"Yo soy un caballero." E hizo una pausa para sacar de la mesita de noche un paquete grande de condones que prometía muchas horas de abandono y placer.

"Déjame saborearte completamente." Me decía al oído pellizcándome los pezones con delicadeza y paseando sus labios desde mi garganta hacia abajo, chupándome un ratito aquí, un mordisquito allá, adornado de nuestros suspiros y quejidos, grititos y "así, así."

"¿Así te gusta?" Y seguía por donde yo le dijera, y yo me dejaba hacer y él seguía bajando hasta llegarme allá abajo, al pocito dulce lleno de savia para su deleite y el mío. "Así, mami. Así." Yo lo dejaba amarme, pues, aunque era goloso y tenía hambre, yo me había vuelto exploratoria y prefería dejarme hacer antes de revelarme del todo en una relación sin confianza que tal vez no pasaba de una noche. Pero mis manos no estaban quietas. Ellas se daban el banquete de sentir sus músculos y la dureza de su miembro erecto y bien proporcionado, el sudor de su cuerpo mezclado con su perfume, los vellos de su pecho. Mi piel era una antena que recibía el mensaje de su lengua en mi clítoris y lo transmitía en ondas de placer y éxtasis a lo más recóndito de mi cuerpo, y a un punto detrás de una oreja que me hacía ver chispas doradas. Hubo un momento en que él me sintió abierta y profunda y con una mano alcanzó la mesita de noche y sin perder la presencia, agarró uno de los paquetitos y se preparó con la ceremonia de un devoto entrando a un templo. Yo lo observaba a través de mis ojos entrecerrados y más que lujuria, sentí que su solemnidad me envolvía el cuerpo como una ola y me abandoné al ritual de un hombre arrodillado frente a mí como ante un altar, y mirándome a los ojos con devoción, lentamente me penetraba como depositando una ofrenda. Me miraba y se movía dentro de mí, estremecido y, como en un trance, sin cerrar los ojos, comencé a responderle y a moverme siguiendo su cadencia y él la mía y comencé a ceder entrando poco a poco en un espacio ancho y claro en donde me sentía libre y pura como una orquídea en un bosque tropical. Cerré los ojos.

"Coño, que lindo te vienes." Oí a Víctor decir estremeciéndosele la voz en un quejido hondo y prolongado sin perderme los pasos, más bien siguiéndome de cerca por el mismo sendero que conducía a nuestro encuentro. Yo nunca había sido testigo de semejante entrega. Lo sentí conmigo en cada instante, su placer venia del mío y el mío venia del suyo alimentándose, sosteniéndose mutuamente.

"Mi amor." Dije respondiéndole, sintiendo que hacíamos el amor. Habíamos quedamos acurrucados el uno contra el otro, acariciándonos y besándonos. Nos arropamos con la colcha y nos quedamos dormidos.

Al otro día nos fuimos a El Floridita a desayunar. Café con leche, yuca con huevo frito y mangú con salchichón con mucha cebolla. Después lo invité a mi casa.

"Este apartamento esta bonito, pero si tú quieres, yo te puedo dar uno más bonito que este." Víctor me atrajo hacia sí adivinando que el asunto de nuestras diferencias monetarias me tenía un poco incómoda. Yo le sonreía condescendiente. Ese apartamento me había costado un millón de dólares y mucho trabajo para conseguirlo. No era fácil convencer a la junta del condominio que gente que no fuera blanca era digna de vivir allí, aunque uno fuera multimillonario, que yo no lo era. Entonces peor.

"Me voy a poner celoso con estos hombres metidos en tu baño." Señalaba las fotos en las paredes.

"Me tienes que dar una foto para incluirte en el grupo de admiradores. Son mis galanes."

Ese día estuvimos un rato hablando y después nos despedimos con la promesa de hablarnos por teléfono en la semana, pero por la noche el me llamó y hablamos hasta casi quedarnos dormidos y al día siguiente nos encontramos y fuimos al cine y luego me lo llevé para mi apartamento y lo metí en mi cama y estuvimos otra vez igual que la primera, sintiendo algo dulce que iba más allá del sexo y que se quedaba entre nosotros aun cuando hablábamos del tren, del clima o del trabajo.

Esa semana Margarita me llamó a reclamarme.

"Mala amiga. No me has contado nada." Decía con fingido enojo.

"Yo creo que estoy enamorada." Le dije con un poco de miedo.

"¿Tú crees? Muchacha, si se te nota de lejos que estás de cabeza por él y él por ti."

"Me siento entusiasmada y también acobardada. Hasta ahora yo estaba bien con mi vida como me gusta vivirla, sin compromiso y sin complicaciones."

"Una vida sin un hombre. Esa es la vida que llevabas." Margarita sin pelos en la lengua. "Digo espero que no te ofenda que te lo diga."

"Ya es muy tarde para excusas." Le contesté aceptando la oportunidad de hacernos amigas, que bastante falta que me hacía tener una amistad que no estuviese a más de tres mil millas de distancia.

"Ya quisiera yo poderme enamorar." Suspiró con un dejo triste. "Por ahora no me va mal con Abdul, pero lo nuestro no es el amor al que una mujer aspira. Lo nuestro es una amistad con sexo. No es que él me esté comprando. Pero aunque pudiera, no quiero rechazarlo. De esta manera es más fácil relacionarnos. Ni él ni yo sabemos otra forma. Si él está enamorado de mí, esta es la manera de demostrármelo. Me ha ayudado a levantarme del suelo, pero en mi corazón no siento que es el hombre de mis sueños. Yo también puedo soñar."

Quedamos de juntarnos para llevar a Pedrito a patinar en hielo en Central Park y después que colgué el teléfono me quedé pensando en eso del hombre de mis sueños. Nunca había tenido un hombre de mis sueños que yo supiera, no me había dado cuenta. Nunca soñé con tener a alguien para toda la vida o con cierta personalidad que pareara con la mía. Tal vez ese era mi error. Si es que había cometido un error. Siempre dependí de mi misma para ser feliz. Es verdad que tenía a mi madre y a mi abuela, amigas, y un montón de gente que me amaba y yo a ellos. Pero los tenía porque había tenido la suerte de que la vida me los había regalado. Asumía que lo mismo pasaría con el amor. La vida me regalaría a alguien que me amara por mí y yo lo amaría por lo que él era como persona, y no como portador de un inventario de cualidades.

Pero comprendía lo que Margarita me quería decir. Ella soñaba con el amor sin condiciones ni barreras, alguien que la viera tal como ella era y le gustara precisamente eso, con lo bueno y lo malo. A lo Pablo Neruda, "me gustas cuando estás ausente.

Capítulo 7

Después de aquel día en mi apartamento, Víctor y yo no volvimos a acostarnos por un tiempo bastante largo, a pesar de que nuestra relación era joven y que nos habíamos compenetrado bastante en nuestros dos encuentros. Y aunque nuestros besos apasionados nos llevaban al borde del placer y la locura. Cuando podíamos nos refugiábamos en cualquier zaguán propicio para refocilarnos dándonos lengua y agarrándonos y apretándonos, que parecíamos pulpos ejercitando las extremidades. Mi placer era meterle la mano por dentro del abrigo y agarrarle la verga mientras nos besábamos para sentirlo derretírseme en los labios como si me la estuviera poniendo. Pero por alguna razón que no me preocupaba por entender, ni yo lo invitaba a quedarse conmigo, ni él me llevaba para su casa. A mí me gustaba así, un poquito a la antigua y porque lo nuestro no se estaba convirtiendo en una relación de acostarse y de pasarla sustituyendo la intimidad con el sexo, que no es lo mismo ni es igual.

El día de San Valentín, Víctor me invitó a cenar a un restaurante cubano que acababan de abrir por la calle setenta y dos en Columbus Avenue, de mucha categoría.

"Ponte las telas y zapatos de bailar, que vamos en grande." Me dijo por teléfono con su voz acariciante. "Te tengo una sorpresita."

Ya yo me había acostumbrado a las sorpresas de Víctor. Se veía que su negocio pagaba bien porque sin hacer ostentación, cuando me invitaba no escatimaba para pasarla bien, así que ya yo no me preocupaba por abusar de su bolsillo y acepté bastante rápido que cuando salíamos, él podía valerse de sus recursos sin que yo tuviera que sacar dinero para ayudarlo. Cuando yo invitaba era diferente, pero eso era muy raro y generalmente cuando sucedía era porque estábamos agasajando a Pedrito o a alguien del grupo que había logrado alguna proeza. Así que no me preocupé que el restaurant fuera de la nueva onda latina gourmet que te servían una lasquita transparente de plátano frito en forma de espiral salpicada de aceite con unas briznitas de ajo y la llamaban tostón con mojo de ajo y cobraban más de diez dólares.

Estábamos vestidos a lo San Valentín, rojo y blanco. Haciendo lo mejor que podíamos para sobrevivir esa mitad del mes de febrero, que en Nueva York, no importa como se mire, es el mes más frío y la única forma de soportarlo es yéndose para el Caribe. Mi madre puso el grito en el cielo cuando oyó que no iba y las muchachas no me querían ni hablar. "Pero tú siempre sales de la ciudad en febrero." Me reclamaban y concluían que la verga de Víctor me tenía cautiva. No me atrevía a contarles que lo nuestro era casi platónico. No podía explicar lo que no entendía.

Lo nuestro era una cena sin champagne, ni vinos. Pedíamos agua tónica y cosas así y ya para los postres yo no aguanté más y le digo.

"Me tienes en ascuas. ¿Dónde está la sorpresa?"

Con una sonrisita traviesa y tal vez un poquito insegura, mete la mano en el bolsillo de su chaqueta. Yo temblé pensando que me iba a dar un anillo y me entró pánico, pero en vez de una cajita saco un sobre.

"Aquí está." Deslizó el sobre por la mesa hacia mí. "Lo he pensado y creo que este debe ser mi próximo paso. Quiero que te sientas segura de mí." Tomé el sobre y lo miré a los ojos sin saber qué hacer.

"Ábrelo, sé que te va a gustar."

Lo abrí y desplegué su contenido. Un certificado de salud adjunto a las pruebas de sangre. HIV negativo.

"Desde que me limpié hace siete años me he hecho la prueba. Esta es la tercera. Todas negativas."

Yo esperaba cualquier cosa, menos esto. Sin saber que decir, me quedé mirándole a los ojos y le tomé las manos.

"Víctor, Víctor, Víctor." Me eché a reír. "Tú eres demasiado."

"Pero espérate, que todavía hay más." Y sacó de su bolsillo una foto de un edificio de tres pisos destartalado, con las puertas clausuradas con planchas de madera. "Está en Brooklyn y lo quiero comprar."

"Es tremendo proyecto, pero se ve que si se arregla es un edificio hermoso." Le dije casi estupefacta.

"Nuestro nidito de amor." Me dijo con una cara de lo más fresca, como quien dice buenos días, como está usted.

"Yo no puedo contigo." Le dije suspirando rendida, sin aceptar lo que insinuaba.

Nos fuimos a bailar al Roseland donde nos encontramos con algunos del grupo de recuperación. Bailamos y relajamos, y entre abrazos y vueltas yo le dije que tenía que reciprocarle la sorpresa.

"Me tendré que hacer la prueba del HIV."

"No creo que la necesites. Tú has llevado una vida sana. Te has protegido siempre, ¿verdá?"

Me había protegido siempre. Más bien para evitar un embarazo que pensando en enfermedades, aunque también pensaba en eso. Pero la idea de un embarazo producto de una noche casual me quitaba las ganas de follar, así que nunca me molesté en hacerlo sin protección. De ver los líos que teníamos que hacer para conseguirle un aborto a alguna de las muchachas que metían las patas, yo me quería comprar un cinturón de castidad. Y aun en esos tiempos que los abortos eran legales, a mis años, si quedaba embarazada no iba a tener ni el valor ni el deseo de abortarlo, lo iba a conservar, aunque eso matara a mi madre.

Víctor me sacó de mi filosofar con un beso en los labios, el bolero estaba romántico y lánguido para los enamorados y el aprovechó para hacerme sentir su proximidad.

"Si tienes razón." Le dije. "Yo siempre me he cuidado, pero siento que debe haber igualdad en el amor, y si tú me trajiste la prueba yo debo traerte la mía. Entonces se echó una menta a la boca y acercó sus labios a los míos.

"Toma pruébalo." Y en el beso me pasó algo que no tenía sabor a menta. Era algo metálico y frio acompañado de la mirada traviesa de Víctor. Despacio me lo saqué de la boca y bajo las luces de Roseland vi que mis dedos sujetaban una sortija de oro blanco con un diamante de corte clásico empotrado, devolviendo la luz con límpidos destellos.

"Dime que sí, hormiguita. Cásate conmigo." Apartándose un poquito, dio unos pasitos de bolero frente a mí como un gallo haciendo la corte.

"Tú eres bien loco." Le dije riendo, mirando la sortija que me enviaba besos de luz deslumbradora.

"Como dicen los galanes: loco por ti mi amor." Me volvió a tomar de la cintura y me besó. "Te amo." Me miró a los ojos en serio.

"¿Hasta eso me vas a decir?" Mi corazón me quería estallar.

"Eso y mucho más." Dejamos de bailar, parados en medio de la pista con todas las parejas vestidas en combinación de rojo y blanco girando lentamente a nuestro alrededor.

"Si me aceptas, soy tu hombre para siempre y de nadie más. Serás mi reina y yo, tu más ferviente servidor."

"Las ganas no me faltan, Víctor." Me puse seria y casi temblé.

"¿Entonces? Dime que sí."

"En verdad, no me esperaba que tú..."

"¿Estuviera en serio?" Me volvió a mirar a los ojos.

"Déjame pensarlo un par de días."

"La hormiguita quiere pensarlo. Me vas a matar de la agonía." Me sonrió resignado. "Yo soy un hombre macho, yo aguanto un par de días."

Y ciñéndome la cintura con sus robustos brazos, me apretó contra su pecho y reanudamos el baile.

"Toma guárdala mientras tanto." Yo traté de devolverle la sortija.

"No quédate con ella para que me digas si estoy frío-frío o caliente, como dice la canción de Juan Luis Guerra."

Me deslizó la sortija en el dedo de compromiso y me besó la mano.

"¿Ves? Te queda bonita. Te tomé la medida la noche de año viejo que te quedaste conmigo."

"Tú estás loco."

"Loco por ti, mi amor." Dijo riéndose pícaramente y me volvió a besar.

"Dime como está mi amor en tu amor." Me dijo con gracia.

"Caliente como agua de la fuente."
"¿De verdá?
"Sí."

"¿Sí que sí, o si caliente?

"Sí que sí."

"¿Sí de casarnos?"

"Sí de casarnos."

Bailamos hasta el cansancio. Cuando se lo anunciamos al grupo se formó un alboroto y nos hicieron rueda bailando alrededor con nosotros en el centro mirándonos felices y yo un poco azorada.

Al otro día llamé a mi doctora y le dije que quería hacerme un chequeo rutinario y de paso la prueba de HIV. Todo salió negativo como me imaginaba, pero me sentí feliz de poderle dar esa seguridad a Víctor, la misma que él me había dado a mí cuando me presentó sus resultados. Era como una prueba de amor de estos tiempos tempestuosos de largas distancias y guantes profilácticos.

Margarita estaba emocionadísima con la noticia y Awilda, Miriam y Teresa ni se diga. También llamé a Amalia que quiso saber lujos de detalles porque hacía tiempo que no hablábamos de cosas personales, tan solo de negocios y regalías de libros. Yo evitaba comentarios personales por miedo a que me preguntara o me dijera algo de Richard, a quien sabía que había frecuentado por asuntos de negocios. Pero ya habían pasado muchos años y ya eso no me movía el tapete, como dicen los mejicanos.

"¿Cuándo es la boda?" Me preguntaron las muchachas cada cual en su turno en la llamada de conferencia que puse para hablarles a todas como si estuviéramos juntas. Las tres de Puerto Rico estaban juntas, cada una en una extensión del apartamento de Teresa.

"Queremos separar los pasajes con tiempo."

"Queremos ser las damas de honor." "Yo quiero ser madrina." Decía otra.

No había fijado fecha ni yo había pensado en qué clase de boda quería tener. Nunca había pensado en casarme, así que no sabía nada de esas cosas.

Capítulo 8

Con mi madre fue diferente. A pesar de sus pesares con mi padre y con la casi alta sociedad, mi madre creía en guardar las apariencias y evitar el-que-dirán. Nunca estuvo contenta de que yo no me hubiese casado. "Para la gente de mis tiempos tú te has quedado jamona, una solterona." Me decía con voz de frustración. "Mi única hija y no me has dado ni un solo nieto." Me reclamaba con dolor, en aquellos tiempos en que yo todavía podía quedar embarazada sin peligro a mayores complicaciones. "Si no perdieras el tiempo en amores clandestinos, alguien se querría casar contigo." Le daba rabia saber que yo tenía amores que incluían sexo. "Todavía estás a tiempo, la ciencia ha adelantado mucho." Cambió la tonada cuando me comencé a aproximar a los cuarenta y aun después que me casé con Víctor.

Cuando le dije que me iba a casar, primero se cortó y me preguntó secamente que si no estaba embarazada.

"No mami, no lo estoy."

"Menos mal, aunque hubiese sido una buena noticia, considerando que ya se te está pasando el tiempo de parir." Suspiré ruidosamente para que le zumbara en el oído.

"¿Y quién es el novio? Soy tu madre y no me tienes al tanto."

"Se llama Víctor Rodríguez."

"¿Rodríguez? ¿Rodríguez qué?"

"Rodríguez Delgado."

"Rodríguez Delgado" Repitió en tono pensativo. "No recuerdo a ninguna familia con ese nombre allá en Santo Domingo."

"No es dominicano, mami."

"¿Y de dónde es?"

"Es puertorriqueño."

"¿Puertorriqueño? No conozco a ninguna familia aquí que lleve esos apellidos."

"Mami, él no es de ninguna de esas familias que tú conoces. Es un hombre común y corriente." Le dije impaciente porque ya sabía por dónde venía.

"Bueno, que le vamos a hacer. Yo vine a este mundo a pasar desilusiones."

"Por favor, mami. No comiences con eso."

"Tienes razón. Perdóname, es que estoy chapada a la antigua. Lo importante es que parece que has encontrado el amor."

"Parece que sí, mami. Parece que sí."

Mi madre, doña Carmen Ventura Gómez, había amado a mi padre como una buena mujer debe amar a su marido. Con atención y dedicación. Atendiendo la casa como una señora refinada debía mantener. Fijándose que las criadas mantuvieran todo limpio y en orden. Teniéndole a su marido sus antojitos y cosas favoritas a la mano. Supervisando que la cocinera pelara los tomates porque a mi padre le disgustaba la cáscara. Fijándose que el botellón de colonia 4711 mantuviera el nivel adecuado para que un hombre se pudiera sentir opulento - nada de ultimas gotitas para mi padre- si a la 4711 le quedaban tres dedos de colonia, mi madre enseguida la sustituía por otro botellón lleno y usaba la sobra de la botella vieja para rociar las gavetas, donde - planchados y bien doblados por la criada- mi madre guardaba los pantaloncillos, las camisillas y calcetines de mi padre, el señor Arturo Ortiz Cabral. Hombre de buena familia, gente bien establecida por varias generaciones en la industria de exportación e importación, de aquellos que nunca perdieron ni las tierras ni la posición social cuando los americanos invadieron en el 1916, ni más tarde, ni después. Y aunque a mi abuela, acostumbrada a valérselas por sí misma, ya no le importaba mucho los matrimonios con la gente bien, aceptó con alivio, cuando mi madre, junto con su diploma magna cum laude de especialista en tejidos del siglo XV, regresó de España con un apuesto y distinguido pretendiente que, tan pronto como pudo, pidió su mano. Mi abuela me contaba con un dejo de culpabilidad, que de sus tres hijas, mi madre era la más insegura y la que parecía que el Gran Poder no había sido muy generoso cuando le concedió la virtud de resistencia y capacidad de supervivencia. Aparentemente lo de mi madre y mi padre fue como un cuento de hadas, pero típico de esos tiempos. Mi madre nunca ejerció su profesión propiamente dicho, excepto por algunos dibujos y creaciones que mi abuela le encargaba para reproducir telas para grandes clientes, mi madre nunca hubiese tenido un portafolio. Cuando yo nací se dedicó a mí por completo, a pesar de que tenía niñera y no era tan necesario que se desvelara tanto, pero en esos tiempos mi padre viajaba mucho, pasando semanas y, a veces, hasta un mes completo fuera del país o fuera de la ciudad. Mi madre se consolaba haciéndole las maletas, acomodándole la ropa perfumada, fijándose que las piezas combinaran. Y cuando regresaba, ella misma se encargaba de descargar la maleta, echar la ropa a lavar, poner las corbatas y las correas en su sitio. Crecí oyendo a mis padres discutir a los lejos, las voces apagadas para que los sirvientes no los oyeran. "Pero ¿cómo te voy a dar un hijo, si casi ni nos vemos?" A veces mi madre parecía llorar. "Como quieres que te toque si pones esa cara de vaca cagona cuando me ves llegar. Tus reproches enfrían a cualquiera." Un día, yo tendría como once años, mi padre había regresado de uno de sus viajes y como siempre, mi madre se puso a desempacarle la maleta. Esta vez había sido un tiempo largo y le había traído a mi madre de Saint Thomas un frasco de Shalimar y a mí una pulserita de oro con esmeraldas. Entre la ropa sucia, ajada y mal doblada, había una camisa limpia, planchada y perfectamente doblada, aunque no era una camisa nueva, mi madre nunca se la había visto a mi padre. Contó las camisas y tenía menos de las que ella había puesto, lo recordaba bien porque ella tenía una fórmula que se empecinaba en explicarme para cuando yo me casara y tuviera que empacarle las maletas a mi esposo. Pero aquella camisa era diferente y no era nueva, estaba lavada y planchada, doblada para maleta. "¿Y ésta camisa?" Le preguntó a mi padre que venía entrando a la habitación. "Esas son las camisas que tú me pusiste ahí. ¿Que, ya estás entrando en el climaterio, que se te están comenzando a olvidar las cosas?" Noté la expresión de mi madre, como quien recibe una bofetada y disimula el dolor y la sorpresa. Al regreso del próximo viaje de mi padre, mi madre volvió a desempacar la maleta y encontró otras piezas que ella no había empacado. "Mami, aquellos pañuelos estaban bordados a mano." Le decía a mi abuela por teléfono. Esa fue la última vez que mi madre le empacó y le desempacó las maletas a mi padre. Cuando el anunciaba viaje, mi madre le ordenaba a la criada que le preparara las maletas; como ella no sabía, al principio yo le explicaba qué poner dependiendo de la ocasión y el clima, y después tan solo había que decirle Puerto Rico: dos semanas, empresas y cócteles. Cuando mi padre regresaba y, como siempre, dejaba la maleta en el vestíbulo, en vez de mandarla a subir a la habitación como antes, mi madre le dio instrucciones al servicio de

llevarla directamente al cuarto de lavar y que
se encargaran de todo. El día que recibimos
una tarjeta navideña con un sello postal de los
tres reyes magos y un remitente de la calle
Benito Monción, mi madre no la quiso abrir.
Por tres días estuvo en la mesita del teléfono
hasta que yo no pude resistir más la curiosidad
y comencé a abrirla frente a mi madre, para
provocarla. Me la arrancó de las manos de un
zarpazo. Adentro tenía una foto de dos niños
y una niña como de dos años. Los niños más
grandecitos. Escrito con letra de adulto decía:
"Para nuestro padre Arturo Ortiz Cabral, tus
hijos..." unos nombres que no pude leer bien
porque las lágrimas de mi madre me dolían en
mis ojos cuando volteé la cara para mirarla y
ella aprovechó para guardar la foto en el sobre
y apartarlo de mí para siempre. Cuando mi
abuela vino a visitarnos estaba seria y triste.
También rabiosa, quería retorcerle el cuello a
mi padre, "Hay que dejarlo, mi hija. "¿Qué le
vamos a hacer, golpearlo, matarlo? Hay que
dejarlo, sino una puede desgraciarse." Dijo
después de mirar la foto que mi madre
celosamente mantenía fuera de mi alcance. "Si
eso es lo que quieres hacer, voy a llamar a unas
amistades y relacionados de negocios que
tengo en Puerto Rico. ¿Te vas a divorciar?" Mi
madre no pensó ni por un momento en

divorciarse. Aceptar esa humillación públicamente era mucho para ella, además, mi padre nunca le había pedido el divorcio. Para él, divorciarse estaba fuera de la película y el cuadro tradicional de su familia. Mantener concubinas, amantes y chopas era una cosa; divorciarse para casarse con ellas era otra; y si él quería mantenerse de buenas con su padre, tíos y hermanos y los relacionados a la familia, lo mejor que podía hacer era mantener sus líos de faldas en privado y a sus mujeres controladas y en su lugar. Cada cual en su casa.

En esos tiempos la política no estaba muy buena en Santo Domingo, los golpes de estados se anunciaban como se anuncian los vientos huracanados y vaguadas, así que mi madre aprovechó para ponerse mal de los nervios y decir que de pensar que yo iba a seguir estudiando en la capital con tanto peligro, se estaba muriendo de la ansiedad. Mi padre perdió la paciencia y comenzó casi a vociferarle:

"¿Qué quieres que haga, que pare las huelgas y los piquetes? ¿Qué confisque las bombas molotov y prohíba la venta de gomas usadas para que no las quemen y nuestra señorita pueda estudiar sin peligro para que tú te quedes en la casa a ver tele novelas en paz?"

"No es eso Ortiz." Mi madre dejó de llamar a mi padre por su primer nombre desde aquella vez que dejó de desempacarle las maletas.

"¿Y entonces que es, Carmen? Soy un hombre ocupado, no tengo tiempo para aspavientos de mujeres."

"Mi hija tiene que recibir una educación y como están las cosas aquí eso no se sabe si lo logremos."

"Ponla en un colegio interno en Santiago."

"¿Santiago? ¿Y qué va aprender ella en Santiago?"

"Por lo menos le enseñaran a comportarse como una dama y a ser una buena esposa." La recriminación zumbaba en su voz pero mi madre ya estaba inmune a sus dardos.

"He pensado en llevarla a Puerto Rico, por lo menos para que termine la escuela secundaria y después veremos lo que ella decide o aspira."

"¿Puerto Rico?"

"También está España como posibilidad, pero Puerto Rico está más cerca. Visitar a mami sería más fácil y por supuesto para ti también." Mi padre no protestó, apenas una que otra palabra, tal vez para llenar conmigo los requisitos de buen padre, que de todos modos lo consideraba un extraño que no sabía cuál era mi color favorito, ni cual me disgustaba más y siempre me traía regalos que parecían para otra persona, excepto los materiales de arte que sabía que siempre me gustaban.

Y así. Dejamos a Kiskeya. Un día cálido y lleno de sol en que, por supuesto, los aviones se retrasaron varias horas y decidimos irnos a Boca Chica, mi madre, mi abuela, mis primas y mis tías y tío Alberto. Alquilaron trajes de baños para nosotros los muchachos y nos bañamos, comimos frituras, y tomamos mabí y coco de agua. Los mayores bailaron merengue bajo las enramadas, pero mi abuela tenía los ojos llorosos por causa del salitre, decía sacando una sonrisa como quien hace de tripas corazón. Cuando se acercaba la hora nos vestimos y callados seguimos para el aeropuerto. En esos tiempos no había las rampas de ahora y había que caminar por fuera hasta la escalera del avión. Antes de entrar por la puerta de la nave, la gente, y también mi madre, volteaban para decir adiós a los familiares que nos miraban partir desde el balcón de observación.

"Di adiós, di adiós." Me decía mi madre con su sonrisa llorosa.

No le hice caso, entré sin mirar atrás ni decir adiós. En la cabina de primera del avión de la

Pan Am, bajé la celosía de la ventanilla y me puse a leer una revista.

"¿No quieres mirar cuando despegue? Me preguntó mi madre buscando una brecha para meterse en mi corazón.

"No, ya he despegado otras veces." Había viajado otras veces, pero esta vez, estaba segura de que no salía de viaje.

Esta vez salía de la isla y punto.

En Puerto Rico nos aclimatamos bastante rápido. Recomendada por mi abuela, y con su modesto portafolio, mi madre consiguió trabajo freelance con Fernando Pena y Carlota Alfaro por su especialidad en los textiles que, aunque no tenía la gran experiencia supo defenderse. Luego con las tiendas Velasco como compradora. No teníamos que preocuparnos por dinero, porque mi padre actuó con mucha ostentación y me puso una buena cuenta de banco. Yo vi a mi padre pocas veces, una vez al año. Venía a Puerto Rico a visitarme un fin de semana. Me llevaba en algún yate, o de paseo a un resort en algún lugar de la isla. También quiso comprarnos una casa, pero mi madre se lo impidió con mucho tacto para no levantar la ira de un falso orgullo, porque no quería que mi padre se sintiera con derecho a visitarnos o a meterse en la casa cuando él quisiese. Mi abuela le entregó parte de la herencia que le correspondía a mi madre y ella se compró una casa en Ocean Park cerca de la casa del cantante Tito Rodríguez, casi al lado de la playa que era una delicia, porque podía ir a la playa cuando se me antojara. Estaba cerca del Condado y de San Juan y no muy lejos del aeropuerto, y lo mejor de lo mejor, cerca de la panadería La Euskalduna.

Que ahora es una gran cafetería pero que antes era tan solo un chinchorrito donde se compraba el pan por una ventanita y poco a poco fue progresando hasta convertirse en un lugar que literalmente hay que tomar un número para que te despachen. En seguida me olvidé de la soledad de Gascue, de las convulsiones de Ciudad Nueva y de los corrillos cuchicheantes de mis amigas del Club Náutico. Me sentí libre. Si algo puedo decir cuando me preguntan y me recriminan, que le veo a esa islita, es que me sentí libre. Podía ir de tiendas sin que me mandaran una prima o una niñera o un chofer a recogerme. Hasta podía sentarme a leer en el balcón por las tardes - ¡en pantalones cortos! - sin que me mandaran para dentro. Porque allá los tígueres de la calle se paraban en frente a importunarme, y mi madre y la criada me mandaban a entrar porque estaba provocando a la chusma. Me inscribieron en el colegio Santa Teresita, no solo porque estaba cerca sino porque estaba bien recomendado, lo cual era una maravilla porque podía ir y venir a pie. Cero choferes. Cero niñeras. Al principio mi madre no sabía qué hacer, pero cuando comenzó a entretenerse con el trabajo y a ganarse su propio dinero, cambió de actitud y comenzó a predicarme las virtudes de tener una carrera y aprender a valerme por mi misma, aunque - por supuesto- para una mujer formar un hogar era el mayor logro, insistía en decir sin la convicción y el empeño de antes.

Mi quinceañero fue en la Casa España, mi maestra de refinamiento fue la señora Carmen Frontera, mi ropa, por supuesto de Velasco y de Carlota Alfaro. Yo compraba lo más modesto para no ostentar y para no caer en el grupito de las niñas comemierda que abundaban en la semi-alta sociedad de Puerto Rico, a la cual, desgraciadamente yo pertenecía. Así conocí a Awilda y más tarde a Miriam. Nos caímos bien desde el principio porque sabíamos cuál era el juego que teníamos que jugar para no hundirnos en la mierda social. Y sabíamos jugarlo. Una sola mirada nos bastó para reconocernos en la escuela de refinamiento y modelaje Barbizon con Carmen Frontera. Enseguida que nos miramos las unas a las otras de arriba abajo, vimos que no nos creíamos ni por un momento las mierderías que nos enseñaban sobre lo imperioso de reconocer los cubiertos y las copas y cruzar las piernas a la altura del tobillo para no revelar lo que una dama no debe revelar.

"¿Ven lo que podemos lograr con nuestros buenos modales?" La señora Frontera tenía buenas razones para estar orgullosa. Nos señalaba el afiche inmenso de Mariluz Biruet, Miss Universe, alumna graduada de nuestra escuela. A decir verdad, tomábamos en serio nuestras clases de refinamiento. A pesar de nuestra rebeldía, nos habíamos criado sabiendo que teníamos que pasar por ese entrenamiento. Una especie de rito de iniciación. También sabíamos que, si queríamos tener acceso a los niveles más altos de nuestra esfera social, teníamos que saber conducirnos en cualquier ocasión y ante los ojos más críticos y reprobadores. Saber gesticular con gracia y sin exageración, expresar sorpresa sin histrionismo, mantener el rostro compuesto aun cuando nos quemaba la rabia por dentro. Pararnos, sentarnos, caminar, dar la vuelta. Bailar sin menear el culo. Era tedioso a veces, divertido otras, y un gran reto para todas, porque la señora Frontera no nos dejaba pasar una. Su dedicación era impecable y con Mariluz Biruet elegida Señorita Universo la escuela se llenó de toda clase de aspirantes -inclusive muchachos que querían aprender a conducirse- y un tropel de gente comenzó a desfilar, que ya no era lo mismo. Así que la señora Frontera enseñaba personalmente a un puñado escogido, entre ellas nosotras, que cambiamos de actitud y nos comenzamos a portar como si estuviéramos en una escuela militar o en una sociedad secreta que requería, en lugar de sangre y sudor, caminar sin dejar caer el libro y tomar sopa con la espalda erguida sin inclinarse sobre el plato, ni derramar una gota. Podría decir que esos fueron mis últimos años de inocencia y despreocupación que se prolongó a través de nuestra amistad y revivo cuando me junto con Awilda y Miriam.

La foto de Mariluz nos inspiraba. Aunque yo no aspiraba a ser reina de belleza, admiraba su determinación y enfoque para triunfar. Sospechábamos que algo había en la política que querían ensalzar a los puertorriqueños con tantos galardones, porque tener a una Miss Universo caribeña y más todavía, puertorriqueña - en un mundo donde los blancos son mejores y más bonitos- era sospechoso. Pero Mariluz se fajó para su título. Aparte de que los ojos y la piel clara le ayudaron un montón. Era nuestra inspiración. Pero la academia Barbizon-Frontera la sacó de su pedestal cuando al marido lo encontraron con un hombre en la cama. Ese fue el chisme del año. Yo no sabía nada de lo que era dos hombres en la cama. Se llamaba Butch. Ahora sé que su nombre era un gran chiste, pero en esos tiempos yo no sabía nada de esos nombres, más tarde me enteré con mis amigos gay y ahora que me acuerdo es que me puedo reír. O sonreír. Butch tenía un anuncio precisamente de Brut de Fabergé en el que salía de una bañera todo velludo, la cámara insinuando -pero disimulando- sus partes pudendas, cubriendo a medias su cuerpo bronceado con una toalla blanca prístina como un copo inmenso de nieve. "Con un hombre así yo sueño para que sea mi dueño, sensual y varonil. Él usa Brut de Fabergé." Bueno, lo encontraron con el novio. La pobre Mariluz se puso tan y tan delgada que le retiraron todos los contratos que con tantos sacrificios se había ganado. El programa de televisión, los anuncios de productos de belleza. La academia que tanto se había beneficiado de su triunfo arrancó el póster de la pared y no nos dejaban mencionar su nombre. Nadie creyó que era por el sufrimiento; decían que el esposo la había contagiado con una enfermedad. Nosotras no sabíamos de ninguna enfermedad. En esos tiempos no existía la palabra AIDS y todo lo que decíamos las mujeres que la admirábamos era que el dolor la estaba aniquilando. Rezábamos por ella. En esos tiempos la muchacha del grupo de los Carpenters todavía no se había muerto, aunque se veía bien delgada, un esqueleto en los huesos y la palabra anorexia tal vez todavía no existía ni en el diccionario. La Carpenter se murió y la Biruet se recuperó y nosotras la admiramos todavía más y de Butch ya nadie se acuerda. Si lo menciono ahora es porque me estoy acordando de esos tiempos en que aprendí que, para ser una reina de verdad, se necesita tener la cabeza bien puesta para sostener la corona. Pero a mí me siguió gustando Brut de Fabergé. Aunque nunca me gustó Butch, yo pensaba que era buena idea soñar con un hombre sensual y varonil. Lo de ser mi dueño no me interesaba mucho porque me resonaba a los tiempos de la esclavitud. Pero si por lo menos olía a Brut de Fabergé, iba a oler bastante bien. Los muchachos escondieron sus botellas de Brut, los que no eran gay y se puso de moda Aramis, Pierre Cardin, Paco Rabanne, Canoe, los perfumes de Avon y, por supuesto, Old Spice, que lo usaban los obreros y que era para los viejos, pero que su olor embriagaba hasta a las más beatas. Los obreros se quedaron usando Brut, tal vez porque no se enteraron del escándalo de Butch o porque ellos sí que eran sensuales y varoniles de verdad y no les movía el tapete que los modelos estuvieran llenos de plumas como era de esperarse después de todo. Yo lo que usaba era Flor de Blasón de Mirurgia, que mi abuela insistía en regalarme porque era un perfume para señoritas. Ella más bien quería decir, vírgenes. A mí me parecía que la Flor del Blasón era un nombre bastante obsceno porque la etiqueta exhibía un escudo dorado y azul turquesa sin símbolos, excepto por una flor en el centro que me evocaba la vulva y me recordaba mi intacto himen. A escondidas yo me ponía Maja de Mirurgia. Un perfume más atrevido con una etiqueta para mujeres con experiencia, una maja vestida de rojo y negro con su abanico, su mantilla y su peineta. Tremendo atuendo. Yo escondía ese frasquito en la bolsa de la escuela y cuando mi madre lo descubrió se metió en mi cuarto a explicarme como los niños venían a este mundo y como, bajo ningún concepto, razón o circunstancia yo debía ceder a la pasión fuera del matrimonio. "Una mujer nunca se debe entregar a un hombre fuera del matrimonio." A pesar de las explicaciones obstétricas y ginecológicas yo no pude conectar el asunto con lo de la entrega y lo único que me venía a la mente eran las escenas de las películas de ladrones y bandidos en donde se entregaban a las autoridades o cuando venía una carta de Santo Domingo en entrega especial. "Las mujeres no debemos estar tentando a los hombres con perfumes y cosas así de las cuales nosotras somos las responsables de controlar, porque los hombres no están hechos para controlarse. Nos toca a las mujeres mantener la decencia y conservar cierto nivel de civilización." Recuerdo que mientras ella me hablaba yo pintaba imágenes de la maja abanicándose y cantando la canción de Brut de Fabergé y de alguna manera las palabras entrega y dueño se juntaron. Entonces, las imágenes de mi mente me mostraron una luz roja marcando una tiniebla inexpugnable.

Esos años en Puerto Rico me dieron acceso a la realidad, me brindaron la vida y el momento presente y me hicieron parte de la historia del mundo. Tal vez porque la isla es tan pequeña. Tal vez porque mi madre se trasformó de una mujer de porcelana en una mujer de carne y hueso y metal. Una mujer real que tenía que hacer las cosas por sí mismas en vez de ordenar a las sirvientas, una mujer que le daba la cara a la vida en vez de esconderse tras la posición social y el abolengo de mi padre. Ya no tenía que preocuparse de las murmuraciones de las amistades que la vieran sola en la calle, ni el-que-dirán por estar trabajando para ganar dinero. A mí me dejaba salir con mis amigas. Tan pronto corroboró que eran muchachas bien y con buenos modales se dejó de preocupar de que yo fuera a manchar mi imagen y fuera a arruinar mis chances de un buen matrimonio. En cierto modo, el anonimato a que nos condenó el exilio voluntario nos fortaleció y nos ayudó a descubrir una personalidad que no sabíamos existía dentro nosotras. Si yo me iba con las muchachas para Telemundo, nadie me reconocía como en Santo Domingo. Y cuando iba a Carlota Alfaro o a Velasco, me reconocían por mi madre y no por la firma de mi padre. Y a pesar de que las puertorriqueñas high class podían ser tan comemierda como las dominicanas, a mí no me dolía su desprecio porque desde el principio tuve muy claro que nunca iba a ser aceptada como a una de ellas, así que nunca les exigí un lugar en sus corazones, ni les guardé rencor por no darme lo que nunca había pedido ni esperado. Por suerte para mí, perdí el acento dominicano bastante pronto. Mi madre estaba dolida.

"Tan pronto y ya estás hablando como los puertorriqueños. Has abandonado a tu patria." Me decía con recriminación exagerada.

"Es que ni siquiera me doy cuenta mami." Le decía avergonzada de mi traición.

"Te estás poniendo como esta gente. Un día de estos vas a arrastrar la erre."

Yo no veía cual era el aspaviento, pues no es que nosotros pronunciemos mejor que los puertorriqueños, de acuerdo con la Real Academia y por supuesto, los colombianos.

En la escuela de refinamiento nos hacían enunciar y pronunciar correctamente. La maestra se cuidó de enseñarme a decir paquetito en vez de paquetico y a veces Awilda y Miriam decían chiquitico para correrle la maquina a la maestra de dicción que se confundía pensando que ellas también eran dominicanas. Mi acento se diluyó sin yo proponérmelo ni darme cuenta, excepto cuando regresaba de vacaciones a Santo Domingo que se me volvía a pegar el quejido dominicano, y eso, involuntariamente y no porque todo el mundo me trataba de enloquecer con reclamaciones patrióticas irrelevantes. Porque todos mis primos y mis amigos en Kiskeya estudiaban fuera o le debían toda su riqueza a las empresas extranjeras a las cuales le vendían hasta el mismo corazón de la Virgen de Altagracia, si un gringo les ofrecía un buen precio. Eso sí, discutirían los términos y llegarían a acordar un buen precio en un claro y preciso acento dominicano. Siempre fui definitiva. Mi abuela decía que lo heredé de ella. Cuando me subí a ese avión para salir de mi país sabía que mi corazón no podía estar en dos lugares al mismo tiempo.

Conocimos a Teresa en la Universidad de Puerto Rico. La otra dominicana del grupo. Ella tenía su propio apartamento de tres dormitorios en Río Piedras y estaba buscando con quien compartirlo para aligerar la renta y también para no estar sola, porque Teresa no era precisamente pobre. Sus padres, al igual que los nuestros no le iban a permitir que viviera sola, así que ella había puesto un depósito en el apartamento con la esperanza de encontrar por lo menos una compañera y decirles a sus padres que el lugar era de la otra y no de ella.

"Es lista la muchachita." Dijo Awilda. Y enseguida todas nos caímos bien mutuamente.

Dividimos el apartamento como para estudiar y divertirnos: una habitación para estudiar y alojar un huésped.

"O para traer a un novio." Miriam siempre tan práctica y previsora.

"Debemos dividirnos los cuartos para que en cada uno haya una puertorriqueña y una dominicana, así creo que es más normal para nosotras que si nos dividimos por país."

"¡Aprobado!" Gritamos todas levantando nuestros Cuba Libre que estaban bastantes cargaditos.

Convencimos a nuestros padres fácilmente. Mi madre primero puso el grito en el cielo, pero cambió cuando yo le dije que si me quedaba en casa iba a necesitar un auto para mi transportación porque a veces tendría que salir tarde de la biblioteca, en cambio el apartamento era cerca de la universidad, a unos pocos bloques. Lo mismo les dijeron las muchachas a sus padres. Teresa fue más difícil porque ella vivía en Guaynabo y tenía un Karman Ghia blanco convertible. Pero lo de la biblioteca por la noche los convenció.

Brindamos con Cuba Libre y después con Don Q Cristal y después tuvimos que echar volados a cara o cruz para ver a quien le tocaba el inodoro para vomitar y creo que a Awilda le dio hasta diarrea. Nunca más he vuelto a tomar ron ni nada que se le parezca.

Aunque todavía lo contradiga, en esos tiempos a Teresa le preocupaba ser dominicana o no serlo. Nuestros amigos y conocidos nos confundían con puertorriqueñas por el acento y cuando les decíamos que éramos dominicanas nos animaban diciéndonos que éramos casi puertorriqueñas.

"Si ustedes quieren, pueden decir que son de aquí. Ya llevan tanto tiempo en la isla que se podría decir que son de los nuestros."

Por ese tiempo me sentí alagada. Lo vi como un gesto de fraternidad hasta que un día, en una marcha en solidaridad con los presos políticos nacionalistas, uno de los organizadores se irritó conmigo.

"No tienes que decir que eres dominicana. Deberías decir que eres puertorriqueña." Me dijo mirándome como quien mira a alguien con dislexia.

"Yo nunca he querido decir que soy de ningún sitio. Soy dominicana, lo único que puedo decir es que soy dominicana. ¿Qué más voy a decir?" Nunca había estado en una situación tan absurda.

Después vinieron otros piquetes estudiantiles defendiendo a otros presos políticos entre los cuales se contaban dominicanos que cumplían cárcel por la causa puertorriqueña, pero de esos tan solo se menciona el nombre, como Adolfo Matos y uno de los Macheteros, creo que de apellido Fiallo. Los mezclan en el grupo como si fueran de Puerto Rico.

Teresa trataba de ayudarme, para protegerme de esa fobia creciente, pero yo vivía en mi propio mundo. No sabía de discriminación ni racismo y creía que los americanos eran tan buenos como en las películas. El único insulto racista que había oído en mi vida era la palabra haitiano. Que mi abuela pronunciaba "itiano" cuando la decía con rabia y con intención de ofender profundamente al supuesto merecedor del epíteto que, aunque no fuera haitiano, por lo menos era bastante moreno y acababa de cometer alguna barbaridad que para mi abuela -y muchos otros- tan solo eran capaces de cometer los haitianos. Aunque a los únicos que las vi cometer era a los mismos dominicanos, porque para ese tiempo había que estar cerca de un cañaveral para poder ver a un haitiano.

Ahora con Juan Luis Guerra es diferente. En esos tiempos para mi madre el merengue era cosa de gente vulgar y si hubiese sido por ella lo único que me hubiese gustado era la ópera y la música apasionada de Tchaikovski. A mí me gustaban los Beatles y la música americana que estaba de moda, lo cual tampoco era aceptable en algunos sectores que consideraban una trasgresión cultural profunda demostrar ninguna inclinación por cosas en inglés. Yo no hice caso. Me aferré a mi gusto personal sin preocuparme mucho en obtener el sello de aprobación oficial. Me gustaban las bandas de salsa junto con el rock and roll y el único defecto que le encontraba a todo era que yo no podía dominar el ambiente de las giras y los conciertos porque en realidad no me interesaban ni las drogas ni el sexo, ni la rebelión. En ese tiempo no bailé mucho. Me refugié bajo un manto de bobalicona que me protegió de abortos y novios aprovechados. Pero cuando Silvia de Gras auspició sus famosos concursos de televisión y sacó al grupo merenguero Los Hijos de Quisqueya, nosotras nos quedamos estupefactas, en especial Teresa.

"Como puede ser que se inventen un grupo así." Protestaba Teresa. "Ni siquiera son dominicanos."

"Algunos son dominicanos." Decía Awilda.

"Tan solo uno es de Santo Domingo." Decía Miriam.

Yo creía que eran todos estudiantes de medicina escapando los peligros y el desorden estudiantil que reinaba en mi país. Pero el grupito tuvo pega y no había baile en que no sacaran uno de sus discos. Luego se convirtieron en el Conjunto Quisqueya. A los puertorriqueños les gustó el merengue a pesar del patriotismo barato y fascista que nos dividió hasta agriarnos la piña a todos por igual. Más tarde con Los Beduinos se le terminó de poner la tapa al pomo porque el grupo de Wilfrido Vargas barrió con la popularidad. Pero me salvé de todo ese enredó nacionalista yéndome para Nueva York a seguir mis estudios en Parsons School of Design y de ahí a Carpe Diem. Y dejé atrás a la isla del desencanto encantado, de la misma manera que dejé atrás a Kiskeya la tierra de mis amores.

Si de algo yo siempre he estado segura en cuanto a ese tema de lo nacional y patriótico, es de mi gusto por el merengue. Yo puedo decir sin temor que si el merengue fuera de la Patagonia, yo hubiese querido ser de la Patagonia con tal de venir de la misma tierra de donde salga el merengue. Un día en Carpe

Diem una anciana judía, aparentemente una millonaria, me preguntó en inglés de donde era yo.

"Dominican Republic." Le dije siguiendo la conversación.

"El caballou neigrou!" Me contestó alborotada.

"Beg you pardon?" Le dije sin comprender.

"Dominicanou comou el caballou neigrou, Johnny Ventura." Me dijo orgullosa de demostrar sus destrezas en la lengua de Cervantes.

Un día leí un artículo en la revista Vanidades en donde Isabel Allende, presentando su nuevo libro Afrodita, declaraba que había soñado que tenía frente a ella una inmensa bandeja de plata y encima de ella completamente desnudo a Antonio Banderas. Le tuve envidia. Pensé que ella disfrutaba de un gran privilegio por ser una escritora famosa. Decir que se soñaba con alguien como el señor Banderas en su atuendo de Adán, sin causar grandes revuelos. Pero yo nunca me he soñado con Juan Luis Guerra desnudo ni cosa que se le parezca. Como ya dije, mis fantasías son con desconocidos a quien no hay posibilidades de que nos podamos encontrar. Con lo que sueño es con el amor de sus canciones que hasta son mejores que las desesperanzadas de Silvio Rodríguez, y dejan atrás a las irónicas de Joan Manuel Serrat. Teresa se ha quedado enganchada con Serrat. Aquellos tiempos. Awilda y Miriam con la época revolucionaria de Silvio. Yo estoy en el tiempo presente con mi Juan Luis. Y aunque a veces me trae recuerdos de tiempos un poco lejanos los espanto fácilmente cuando me pongo a bailarlo y entre vueltas y meneos, giro y vuelvo a caer en tiempo.

Capítulo 9

Víctor era sensual y varonil y usaba Brut de Fabergé.

Nos casamos en mayo. Nuestra boda fue bonita. Mi madre accedió a asistir. Aunque creía que no era necesario.

"Esas cosas se hacen cuando la muchacha es señorita. Para que se relacione bien con la familia del novio. Que no parezca un desaire." Me decía a manera de excusa.

"Bueno, no parecerá un desaire a la familia del novio, porque a ellos eso no les preocupa, mamá. Pero me parece un desaire hacia mí." Insistí por última vez sin mucho empeño porque en resumidas cuentas no me importaba mucho que mi madre viniera, especialmente si se iba a poner a darse tanto puesto. Pero mi madre vino a la boda y tan pronto vio a Víctor me vaticinó:

"Ese hombre va a abusar de ti. Es un vividor." No le contesté, pero ella siguió.

"Un hombre sin posición ni finanzas. ¿Qué más puede querer de una mujer como tú?"

"Mami, lo dices como si yo fuera la mujer más fea y más odiosa del mundo."

"No es eso mi hija. Te lo digo porque soy tu madre. En algún momento él querrá tener hijos y tú ya no estás en edad para esos riesgos. A menos que no estés embarazada y te estés casando por compromiso."

Cualquiera que fuese la idea que mi madre se había hecho de mí, por lo visto no incluía que yo me fuera a casar.

Margarita fue una de las damas de honor junto a Awilda, Miriam y Teresa. Víctor trajo a sus primos y yo arreglé la galería como cuando hay una apertura, con caterers y un disc-jockey y un bar que incluía una gran variedad de bebidas y cócteles sin alcohol.

Gozamos mucho excepto por mi madre que parecía muy nerviosa.

"¿De dónde dices que conoces a Margarita?" Me preguntaba como quien no quiere la cosa.

"En una actividad cultural de Carpe Diem."
Mejor era evitarle los sórdidos detalles de la
vida de Margarita. Pero se le quedaba mirando
fijamente y luego le hacía preguntas sobre su
procedencia que Margarita contestaba a la
ligera y vagamente. Yo dejé de prestarles
atención y me dediqué a gozar mi boda.

Cuando nos fuimos de la fiesta, Víctor y yo no
nos fuimos directamente a casa. Aunque
habíamos decidido vivir juntos en mi
apartamento, Víctor reservó una habitación en
el hotel Plaza y la limosina nos llevó hasta la
puerta y antes de entrar, Víctor alquiló un
coche tirado por caballos y le dimos la vuelta
al Círculo Colón vestidos con nuestro ajuar de
bodas.

"Quiero que recordemos esta noche." Víctor
me besaba y su lengua se movía en mi boca
con la cadencia del trote del caballo.

"Ay mi amor, tú siempre con tus locuras." Y le
chupaba la lengua en anticipación de nuestra
primera noche juntos como marido y mujer en
donde, si así era que una se entregaba, yo me
le entregué a Víctor y por primera vez le hice a
un hombre todo lo que se me antojó.

"Ahora sí, prepárate mami." Me decía
mordiéndome los pezones y a mí se hacía la

boca agua oliendo su sudor mezclado con Brut y lo tiré en la cama y él se dejaba caer.

"Prepárate tú." Como una pantera me le tiré encima y tuve que hacer un esfuerzo por no caer clavada en su verga. Sus tetillas duras como dos acerolas maduras, ásperas en mi lengua, ásperas en mi barbilla, duras y ásperas cuando le rozaba mis senos y le estregaba mis propios pezones. Yo me lo quería comer, le metía la cara en las axilas hasta que su olor me recorría todo el cuerpo y me bajaba por las verijas y cuando ya no sabía que más hacer recordé una revista pornográfica y contemplándole su hermoso miembro, duro como un martillo, la boca se me hizo agua y mi lengua declarándose autónoma me guío la boca hacia su glande que parecía la cabeza de un champignon pulido por los jugos del deseo. Saladito. Me sorprendió el sabor. Después nos turnábamos para hacernos cosas e inventar posturas que a veces nos hacían reír.

Nuestra luna de miel fue eterna. Parecía que nunca se nos iban a apagar los deseos. Nos mudamos juntos en mi apartamento, pero Víctor quiso poner sus muebles en un depósito y aunque no me gustaba la idea lo dejé que lo hiciera.

Un día, como a los tres meses de casados, me dijo que me tenía una sorpresa y me enseñó una foto de polaroid con él enfrente del edificio brownstone que me había enseñado antes.

"Tengo suficiente dinero para comprarlo y quiero que esté bajo nuestro nombre." Yo me emocioné al escucharle y aunque me parecía un proyecto demasiado ambicioso, no lo descartaba porque ya yo tenía experiencia convirtiendo en palacios espacios que parecían basureros. Pero tenía curiosidad.

"Yo no sabía que tenías esa cantidad de dinero."

"No te preocupes mi amor, que no ando en malos pasos." Me besó con ternura en los ojos. "Desde que dejé de usar drogas y alcohol, cada día he ahorrado el dinero diario que gastaba comprando drogas, cerveza, cigarrillos y todo lo que mal gastaba pagándole a mujeres y a todo el que se me pegaba al lado. Cuando me metí al rehab yo tenía un vicio de más de quinientos dólares diarios. Por eso perdí mi negocio, porque lo gastaba todo y no podía trabajar. Todavía no estoy a nivel de ahorrar quinientos diarios, pero ahorro bastante para poder ofrecerte una buena vida, si no me pides un jet."

"Entonces ¿no voy a poder tener mi jet? Que desilusión." Y nos abrazamos riendo y besándonos.

Víctor se dedicó a renovar el brownstone con devoción y vigor. Un edificio de cuatro pisos que incluía un sótano con salida a un patio privado y con entrada a nivel de la acera. La fachada antigua de una piedra color marrón rojizo y una escalinata que conducía a la entrada principal, que también era completamente privada. Aunque yo tenía suficiente dinero para comprar algo así, no valía la pena para una mujer sola y soltera. Pero con Víctor mi historia cambió.

La renovación tomó casi un año y se puede decir que fueron un salvavidas para nuestro matrimonio en esos días de ajustes en los que yo tenía que seguir viajando y no sabía cómo combinar mis negocios con la vida matrimonial. Víctor fue paciente. Se dedicó a renovar, trabajando con tesón cuando yo estaba ausente y a mi regreso me mostraba entusiasmado todo lo que había adelantado. Era como gestar un hijo, pero en este caso el que parecía estar encinta era él. Yo traía objetos y materiales de mis viajes. Azulejos de Italia, vidrios de España. Hierro forjado de allí y cuantas cosas podía cargar o hacerme enviar.

A veces Víctor me acompañaba a los viajes cuando podía tomar el tiempo libre de su trabajo que siguió creciendo en clientela poco a poco, hasta que un día le dije que tenía que mandarse a hacer tarjetas de presentación nuevas.

"¿Que tienen de malo las que tengo?" Me dijo con tono burlón.

"Se ven muy baratas, Víctor. No te representan."

"Bueno, pero me han traído buena suerte. Con esas te conquisté."

Me eché a reír y lo dejé con sus tarjetas con diseño de obrero.

Cuando vinieron las fotos de la boda yo les envié a las muchachas un pequeño álbum de recuerdo a cada una, inclusive a mi madre. Teresa en seguida me telefoneó.

"¿Te has fijado lo mucho que tú y Margarita se parecen?"

"Esas son cosas tuyas, Teresa. No nos parecemos en nada." No me esperaba un comentario así refiriéndose a mis fotos de la boda.

"Abre tu álbum." Me exhortó. "Busca la foto en que estamos todas juntas y tú y ella están en el centro."

Hice lo que me dijo. En la foto Margarita y yo nos teníamos el brazo echado por los hombros y nuestras caras, mejilla con mejilla, sonrientes para la cámara. Ambas teníamos el pelo rizado, un rasgo común y corriente en el Caribe al igual que el color almendra de la piel. En los ojos, la nariz y la boca había una similitud.

"Teresa, yo no le veo el gran parecido. ¿Cuál es tu can?"

"No tengo ningún can. Es que en la boda me fije que se parecían y las muchachas opinan lo mismo. Al principio yo creía que era una de tus primas."

"Que va ser. Yo no creo que haya tanto parecido." Estaba impaciente porque de lo que yo quería hablar era de mi boda y de Víctor. "Es una coincidencia. Nunca lo había notado."

"En verdad que es una coincidencia asombrosa." Y lo dejamos ahí. Cuando Víctor vino del trabajo le hice el comentario del parecido entre Margarita y yo.

"Cuando las vi juntas por primera vez pensé que eran primas." Su voz venia del baño.

"Quien sabe si lo somos. Yo a quien me parezco es a mi padre." En la cocina yo seguía dándole los toques finales a unas habichuelas guisadas.

"Quien sabe si es un polvo loco de uno de tus tíos."

"Que cosas dices, Víctor. Si Margarita te oye."

"Pero no me va a oír. Ven, que no me has dado mi beso por estar con ese tema." Y hasta allí llegó mi preocupación, por el momento.

La renovación del brownstone fue una maravilla. Víctor consiguió a algunos amigos de recuperación que necesitaban apoyo y los dejaba haciendo ciertos trabajos en la semana y los fines de semana él personalmente se dedicaba a trabajar en la renovación en la que ambos invertimos dinero. A veces hasta yo me ponía a trabajar en el proyecto. Demoliendo paredes o sosteniendo algún pedazo de madera para que Víctor lo asegurara en su sitio, pintando y sobre todo supervisando que siguieran el diseño que a veces existía tan solo en mi mente, lo cual volvía loco a Víctor que, a veces fingiendo exasperación, me agarraba y me halaba para un closet.

"Te estás portando muy mal, hormiguita. Te voy a tener que castigar." Allí mismo se lo sacaba y era cuestión de que yo se lo apretara un par de veces y ya estaba igual que el martillo que llevaba colgado de la correa.

"Rapidito, rapidito." Y terminábamos antes de que los ayudantes comenzaran a llamar y a preguntar sobre el trabajo que debían seguir.

Hicimos una fiesta cuando terminamos la renovación. Aun sin mudarnos. Trajimos comida, refrescos y música y bailamos en una casa vacía que se llenó de calor y amistad antes de llenarse de muebles. En las paredes se colgó la vibración de la alegría y el piso se alfombró de merengue, salsa, bolero y bachata, y colgaron de los candelabros risas y voces de amigos. Hubo un momento que cantamos los himnos nacionales de los países de los que estábamos presente. Santo Domingo, Puerto Rico, Méjico, Jamaica y los Estados Unidos que resultó ser el más difícil y el que menos sabíamos cantar, pero lo canturreamos lo mejor posible y luego nos echamos a reír entre divertidos y avergonzados por nuestra falta de respeto.

"Ya yo lo estoy aprendiendo, at school." Pedrito anunció orgulloso.

"Pedrito se lo sabe más. Ni los mismos gringos lo saben cantar." Margarita señaló a Kaisha y a Douglas.

"Wait a minute. I'm black." Kaisha se defendía diciendo que ella era negra.

"Yo soy sureño." Saltó Douglas antes de que lo acusaran.

Nos reímos hasta más no poder. De ahí surgió la idea de componer un himno de versos y tonadas de los himnos de los países de todos los que estábamos allí. Con eso nos entusiasmamos y seguimos hilvanando versos y tonadas. Tratando de lograr mejores resultados cambiábamos el himno americano con tono de merengue, el de Puerto Rico estilo reggae y así hasta que ya era muy tarde en la noche. Cualquiera que nos oía pensaría que estábamos borrachos o con alguna nota de drogas, pero la verdad era que en la casa no había ni una sola gota de alcohol. Si algo me gustaba de nuestros amigos era que nuestra compañía era el verdadero elixir que nos embriagaba.

Yo me enamoré de nuestro hogar. Vendí mi apartamento sin ningún problema y los muebles que tenía eran muy pocos comparados con el nuevo espacio. Acordamos en comprar un juego de dormitorio nuevo y también de comedor porque mi mesita resultaba muy minúscula para aquel espacio inmenso donde fácilmente podíamos acomodar una mesa para doce personas.

Yo fui feliz con Víctor en esa casa y en cualquier lugar. Nunca me arrepentí de nuestro matrimonio. Es verdad que no era hombre de sociedad ni ninguna etiqueta, pero era un hombre de una naturaleza elegante que sabía conducirse en cualquier lugar u ocasión. Nunca he sido muy inclinada a la pompa para romper el ojo de la gente, ni me ha interesado ser parte de los altos círculos sociales, no por desprecio, sino que me siento más a gusto a un nivel más cotidiano e informal. Así que no tenía problemas con Víctor porque mis compromisos sociales generalmente eran informales con muy pocas excepciones y cuando había que tener formalidad, Víctor no se acomplejaba y comprábamos videos y libros para aprender etiqueta, y hacíamos ensayos con el grupo que parecían obras de teatro en las que terminábamos riéndonos y haciendo pantomimas y payasadas. Al regreso Víctor empleando todas las reglas aprendidas con mucha etiqueta me pedía permiso para "entrar en mi tálamo." A la verdad que puedo decir que si había dos personas en este mundo que estaban dispuestos a gozar de la vida, esos éramos Víctor y yo.

Margarita nos visitaba a menudo y muy frecuentemente nos quedábamos con Pedrito los fines de semana. Margarita aprovechaba para trabajar tiempo extra en su nuevo trabajo, un supermercado abierto veinticuatro horas, siete días a la semana en donde aspiraba al puesto de supervisora.

"Sé que tengo que demostrarles que estoy dispuesta a cualquier sacrificio." Margarita regresaba con paquetes de antojitos. "A estos desgraciados les encanta ver que uno está dispuesto trabajar cuando lo llamen."

"Nosotros encantados de quedarnos con Pedrito." Víctor y yo casi hacemos coro.

"Esta casa es grande y el no molesta, al contrario. Pedrito es un besito de coco." Me lo sentaba en el regazo y le besaba las mejillas.

"Soy de coco." Decía Pedrito moviendo la cabecita.

Y así. Como si nada. Víctor se lo llevaba al Yankee Stadium y lo hartaba de hot dogs y Cracker Jacks y regresaban con pelotas, cachuchas, vasos plásticos, camisetas, álbumes, afiches y banderines que fueron colocando en la habitación de huéspedes en donde poníamos a dormir al niño. Yo me lo llevaba a clases de pintura, cerámica, demostraciones en el Museo de los Niños de Brooklyn y a "ayudarme" en la galería si estábamos montando alguna exposición nueva. Pero eso no era todos los fines de semana. A veces Margarita nos invitaba a comernos un sancochito en su apartamento de la calle 152 y subíamos para allá a compartir con ella y con la gente del grupo que todavía no había recaído.

Una de esas veces nos pusimos a mirar el álbum que Margarita siempre tenía en la mesita de la sala y nos tropezamos con las fotos de nuestra boda. Allí estaba la foto en donde Margarita y yo posábamos en el centro con las otras damas de honor.

"Margarita, ven acá, mira esta foto." La llamé desde el sofá. "¿Tú crees que nos parecemos?"

"Eso me han dicho algunos de los muchachos." Vino a mirar y se sentó a mi lado. "Yo también he pensado que nos parecemos un poco."

"A mí me parece raro." Seguí mirando las otras fotos y volví a mirar la que estábamos juntas en el centro.

"Ustedes se parecen, verdá." Dijo uno de los que estaban allí.

Nos paramos frente al espejo que estaba sobre el sofá.

"A la verdad que sí." Nos miramos y nos echamos a reír.

"Tal vez eres la hermana que nunca tuve y que siempre quise tener." Le dije con un tono de telenovela.

"Yo creo que tengo una hermana." Margarita caminó hacia la cocina a atender el sancocho. "Pero no sé nada de ella, si es verdad que la tengo."

Una sensación extraña me comenzó a subir por la espalda.

"Esos son inventos míos." La voz de Margarita seguía viniendo de la cocina. "Hay cosas de mi vida que no se si fueron reales o si me las inventé con las drogas."

Ese día nos despedimos temprano y regresamos a Brooklyn sin hablar mucho. Repasaba y repasaba mi amistad con Margarita, que surgió de la nada y por mi inclinación a tener amigas. Pensaba que por ella conocía a Víctor y a otras buenas amistades y por supuesto, a Pedrito. Pero después de esa noche Margarita se transformó en mi mente en una persona verdaderamente desconocida. Tenía miedo, no sabía por qué, pero me sentía como si hubiese sido visitada por fantasmas y aparecidos.

En casa esa noche Víctor trató de aligerarme la carga con zalamerías y masajitos en los pies, pero lo dejé solo en el cuarto y me fui a la cocina a prepararnos un té de menta.

Allí me encontró sirviéndolo en las tazas.

"Lo del parecido con Margarita te está sacando una roncha, ¿verdad?"

"Una piedrita en el zapato." La menta caliente me despejó la garganta.

Nos fuimos a acostar y lo último que vi en mi mente antes de quedar dormida fue la foto de la boda con Margarita y yo en el centro, pero en lugar de las damas al lado de Margarita había dos niños como de ocho y diez años de edad. Una foto en blanco y negro.

Al otro día tuve que empacar para una exhibición en Madrid y mi mente se dedicó a los preparativos de mis maletas y de los portafolios y catálogos que tenía que llevar. Era un viaje de compras y de ventas y era importante estar bien equipada para que los artistas de Carpe Diem obtuvieran los precios en que estaban cotizados. Con las compras también había que tener cuidado. Adquirir una pieza requiere gran pericia y tacto. Lo más crucial es estar bien seguro que se obtiene un original y no una copia y que se obtiene a un precio que permitirá una venta fácil y lucrativa. Así que mi mente se dedicó a los negocios y a las actividades que tanto me gustaban y que habían moldeado mi existencia por tantos años. Cuando regresé de Madrid ya había olvidado la cuestión del parecido con Margarita y el sueño del retrato había desaparecido por completo de mi memoria. Margarita logró que la ascendieran a supervisora y se combinó con una vecina que tenía horarios locos como ella, para cuidarse los niños cuando a cada cual le tocara trabajar. Así, las visitas de Margaritas fueron más escasas y Pedrito nos visitaba menos.

"Me hace falta el Pedrito ese." Víctor pasaba por la habitación en donde acostumbrábamos a acostar al niño.

Capítulo 10

Cuando me sentaba en la terraza del brownstone, mirando las dalias y fucsias creciendo en el patio, me venía un tenue olor de mar que yo atribuía a la brisa que subía desde el East River el río del este entre Brooklyn y la isla de Manhattan. Ahora, sentada aquí contándote todo esto veo que el olor de aquella brisa era el que viene a esta hora del mar Caribe. El que atraviesa los cañaverales de ahí, de la central La Romana. Sentada en este balcón, protegido por esas trinitarias me doy cuenta de que mi abuela sabía que tarde o temprano… Que tendría que venirme a refugiar.

"Altagracia, ¿Tú crees que mi abuela creyó que yo iba a fracasar? ¿Me dejó este sitio para que viniera a esconder mi derrota?"

"¿Cómo iba a creer tu abuela algo así?"

"Aquí me siento como desterrada. Fuera de lugar. Aunque cuando estoy allá me hace falta este tono de la luz. Este ángulo de los rayos del sol pegando en la isla."

"Tomate tu café, Anacaona y sígueme contando. Desahogarse es bueno para el corazón."

"Ay, Altagracia no es asunto de desahogarme."

Supe que Margarita era mi hermana de la peor manera, como si no fuera suficiente que nos hubiésemos encontrado por pura casualidad en una ciudad tan grande como Nueva York. Ella no sabía quién era yo cuando nos conocimos. Estaba inscrita en ese programa de Alianza Dominicana y yo estaba auspiciando esa actividad. Por más que le doy vueltas sé que fue pura coincidencia. Cosas del destino. Yo no uso el apellido de mi padre desde que me negó el dinero para venir a estudiar a Nueva York. Ya no lo usaba desde la Universidad de Puerto Rico, excepto en documentos, porque con mis correrías políticas y los inventos artísticos en que me metía, no quería que si mi nombre apareciera en la prensa pudiera traerle un escándalo a la familia. Ya en Nueva York aproveché para deshacerme de lo único que me quedaba de mi padre. Su apellido. Total, nuestras relaciones se redujeron a pasar un fin de semana juntos cada año y luego pasaban dos años y tan solo tarjetas de navidad.

Margarita Ceballos tampoco llevaba el apellido Ortiz. Por más que nos dijeran que nos parecíamos. Ya nos lo habían dicho en una que otra ocasión antes de lo de mi boda. No teníamos razón para prestarle atención. Cosas de la gente y de la vida.

La noche que Víctor y yo nos despertamos sobresaltados por el timbre del teléfono y oímos que era Margarita nos miramos sabiendo que era grave.

"Vayan a buscarme a Pedrito que doña Elvira me lo está cuidando."

"¿Qué pasa? ¿Dónde estás?" Pregunté con escalofríos, pensando que había recaído.

"Estoy en el precinto 15. Vayan pronto a buscar a Pedrito antes de que la trabajadora social llegue primero."

Víctor y yo salimos corriendo a llamar a un servicio de transportación y yo a llamar a Jackie mi secretaria, para que mandara un abogado al precinto a ver que se podía hacer por Margarita, y le rogaba a Dios que no hubiese recaído en la droga porque eso lo iba a poner todo más difícil.

La policía le tenía el ojo puesto a Abdul desde hacía tiempo, y la vez que le mataron a uno de sus hombres en aquella despedida de año comenzaron a sospechar de que Margarita podría estar envuelta, o que podría llevarlos a una pista. Aunque nunca habían logrado nada, porque Margarita llevaba una vida limpia y decente, excepto por su relación con Abdul que tampoco era ni ilegal ni inmoral. Pero el hombre estaba marcado, y esa noche que andaba paseando con Margarita ellos estaban seguros de que andaba con drogas en el automóvil. Pero no fue así. En verdad, lo que tenía era algo en un bolsillo para su uso personal, pero le encontraron un arma que dio positivo como arma homicida. Con la cocaína que tenía en el bolsillo fue suficiente para formarle el caso y Margarita por carambola cayó detenida.

Míster Evans, el abogado que contratamos, más bien estaba allí por si acaso, porque Abdul tenía sus abogados que se encargaron del caso de Margarita y de la fianza y de todo. Pero Margarita tuvo que regresar a la cárcel porque por alguna razón le echaron tres meses y cuando estábamos firmando los papeles para quedarnos con Pedrito, resultó que Ceballos era el apellido del primer marido de Margarita y que su verdadero nombre era Margarita Ortiz Perdomo, nacida en Santiago, República Dominicana. Hija reconocida de Arturo Ortiz Cabral. Mi padre.

Ella no se daba cuenta. Creía que mi consternación se debía a que tenía otros apellidos.

"Me quedé con el apellido de mi marido porque no quería que me reconocieran si salía en los periódicos. Con la vida que llevaba."

No le quise decir nada en esos momentos. Cuando regresamos a casa con Pedrito que ya tenía cinco añitos abracé a Víctor como nunca lo había abrazado antes. Junto a él, yo no había tenido tristezas ni dolor. Tan solo felicidad y ternura. Nunca creí que estando a su lado podría sentir el frío de la soledad, del desamparo. Porque por más que me repitiera a mí misma que Margarita era casi una desconocida, alguien a quien casi acababa de conocer, no podía apartar de mi cabeza la idea de que tenía a una hermana en la cárcel, una hermana que había pasado trabajos y peligros, drogas y mal vivir y que ese niño que dormía en una de mis habitaciones para huéspedes, era mi sobrino, que había pasado por casas para niños abandonados y que estuvo a punto de esfumarse entre las estadísticas de la ciudad de Nueva York como si no fuera gente. Como un perrito que llevan al refugio de animales para ver si lo adoptan.

Me contó su historia en una de mis visitas a la cárcel. Nada especial. Lo mismo de siempre o casi lo mismo porque en este caso no se trataba de algo que le pasaba a otra gente, sino de algo que prácticamente me estaba pasando a mí, a mi familia. Todavía no sabía cómo decirle que yo creía que era mi hermana. La dejé contarme de las ausencias de su padre y la amargura de su madre cuando la relación se redujo a enviar algún dinero para la manutención de ella y de sus hermanos.

"Mi madre me puso en un colegio interno en Santiago, pero cuando el dinero comenzó a escasear, lo que ella ganaba no alcanzaba y nos mudamos para la capital." Miraba con la mirada perdida a través del cristal de seguridad. "Mis hermanos conseguían chiripas aquí y allá. A veces hasta mi padre les conseguía trabajo en uno de sus negocios o con amigos, pero con el tiempo, no era lo mismo para el orgullo de ellos tener que recibir favores de alguien que nunca se quiso casar con su madre. Dejaron de buscarlo. Yo nunca lo busqué. Mi madre trató de usarme para atraerlo, pero yo sabía que no tenía ni chance. Mi padre nunca me hizo mucho caso. A mi hermano Arturito, el mayor, sí. Y un poco a Julio. Vine a Nueva York a estudiar inglés para poner un negocio con mis hermanos."

Más tarde, cuando salió de la cárcel y no había peligro de incriminarse más de lo que ya estaba, Margarita me contó francamente como de una cosa pasaron a la otra. Los tres trabajos para completar la renta y mandar dinero, los viajes a la isla haciendo de mula para ganar dinero rápido y poner un negocio legal. Los negocios que prometían hacerse rico de la noche a la mañana, los engaños de timadores y tramposos. Las deudas que había que pagar, los préstamos al cien por ciento de interés. Los asaltos que los mismos socios les hacían.

"Las malas compañías." Decía Margarita con sonrisa triste. "Me dejé llenar los ojos, y la sed de aventura es peor que las drogas. Vivir como una fucking película de Hollywood. Uno viene a esta ciudad y se cree que uno está en una fucking película y se cree todo ese bullshit que le meten a uno por la televisión." Resentimiento y rabia le salía por los ojos. "Se puede decir que me he salvado por Pedrito."

En los tres meses que Margarita estuvo en la cárcel nos encargamos del niño como si fuera nuestro hijo. Le prestamos dinero a Margarita para conservar su apartamento y llevamos a Pedrito de vez en cuando para que no se extrañara, ni se confundiera. Lo llevábamos a visitar a su mamá. Al principio pensamos decirle que Margarita había conseguido un nuevo trabajo y que se tenía que quedar allí hasta que se terminara, pero ella lo resolvió mejor.

"Mami está castigada." Le dijo casi llorando.

"Have you been bad." La carita asombrada de Pedrito haciendo pucheritos.

"Si mi amor, me porte mal. I did something stupid."

"What happened?"

"Hice algo entupido. Me fui a pasear con alguien que se estaba portando mal, y cuando la policía viene, se lleva al que se está portando mal y a todos los que estén allí, sweetheart."

"Yo quiero quedarme contigo, mami."

"No. Tú eres un niño bueno. No quiero que nunca estés castigado. Quédate con tití Anacaona y tío Víctor. Ellos son buenos, pórtate bien."

En la casa quisimos hacerle la vida lo más agradable posible a Pedrito. Le decoramos el cuarto a su gusto con paisajes prehistóricos y dinosaurios y volcanes y todo lo que evocara su afición por Barney, pero un poquito menos infantil, más de hombrecito. No viajé mucho en esos meses y como era verano nos lo llevábamos para las playas de New Jersey y Martha Vineyard, a los conciertos al aire libre del Central Park. Le compramos ropa, le conseguimos niñera para cuando Víctor y yo queríamos salir. Hacíamos fiestas con los amigos de recuperación que siempre iban a la casa de Margarita y que Pedrito conocía por mucho tiempo. Le sacamos un plan médico, en fin, que después de terminar la remodelación del brownstone, Pedrito se convirtió en nuestro proyecto creativo. Víctor le enseñaba a jugar béisbol, a bailar merengue y salsa, a peinarse como un hombrecito, a comportarse como un caballerito. Hasta le compró su propia agua de colonia para que se acostumbrara a oler bien desde pequeño.

"No importa el trabajo que tú tengas de día, por la noche tú hueles como un príncipe." Le decía poniéndole Canoe en la nuca.

Por las noches, a solas en nuestra habitación. Víctor se me acercaba y me tumbaba en la cama con una reverencia renovada, pero también diferente, algo místico. Como si estuviese invocando una deidad o las fuerzas primordiales de la creación. Yo me dejaba transportar por esa ola de placer y de energía que me revitalizaba y me rejuvenecía. Inspirada, yo también le correspondía y a veces contribuía con mis propias sorpresitas, untándole miel en la verga como en los rituales hindúes al Shiva-Lingan. Él a veces me llenaba la cama de pétalos y rodeaba la cama de velas e incienso perfumado como si fuera un altar. En esos tiempos comenzó a ocuparse de que siempre hubiese flores frescas y frutas en nuestra habitación y hasta un manantial eléctrico colocó junto a la ventana.

"Para que nuestros jugos siempre fluyan." Me guiñó un ojo y conectó la fuente que enseguida comenzó a verter agua sobre unas piedras. Para ese tiempo le dio con comprar suplementos alimenticios, elixires para la virilidad y yerbas depurativas. Cuando lo veía tomándose sus cócteles de pastillas y menjunjes, yo me le acercaba y lo abrazaba.

"Si te pones más fuerte voy a tener que comprarme un seguro especial para la semilla." Lo besaba en la nuca y si Pedrito no estaba presente le agarraba la pinga con una mano y una nalga con la otra.

Víctor estaba fascinado con Pedrito. Se le quedaba mirando como hipnotizado, y yo me sentía contenta porque pensaba que era chévere tener a Pedrito en nuestra vida ya que no teníamos hijos. Para mí, un sobrino era mucho más de lo que esperaba de la vida. Tenía muchos primos segundos, y en las reuniones familiares, las pocas veces que nos reuníamos, me decían tía por falta de una manera más práctica de llamarme. Yo les mandaba una tarjetita con un chequecito para el Día de Reyes y ellos acuciados probablemente por sus madres, me mandaban una tarjeta el día de mi cumpleaños. La cual, a decir verdad, agradecía porque, aunque ninguno estuviese conmigo, el buzón se me llenaba de tarjetas y ese día parecía como si todos se me hubiesen aparecido en la casa.

Seguimos jugando a las muñecas con Pedrito de día, y por la noche, al Kama Sutra. Yo casi olvidé por completo que no le había dicho a Margarita que éramos hermanas. Cuando me recordaba, me ponía a buscar la mejor manera de decírselo y no la encontraba.

"Le das demasiado cráneo a las cosas, hormiguita." Me dijo Víctor una noche en que nos pusimos a hablar después de nuestros rituales eróticos.

"Tengo miedo de decírselo. Para mí no ha sido fácil. Me hace sentir como que he sido cómplice de algo malo, como que represento algo turbio, abominable."

"No seas tan radical, Anacaona. Por lo menos la vida las juntó y tú no le has dado la espalda."

Se lo dije cuando salió de la cárcel. Al otro día de regresar a su apartamento la fui a visitar y aprovechando que Pedrito estaba jugando en su habitación, le comencé a preguntar sobre su padre y ella buscó una cajita y sacó unas fotos de la infancia. Junto a la foto de su madre también había una copia de la que mi madre recibió aquella Navidad antes de que decidiera mudarse a Puerto Rico. Entonces en el fondo de todas encontró la de mi padre con la dedicatoria de su puño y letra. "Para mi hija Margarita, con amor de su padre, Arturo Ortiz Cabral."

"Ese también es mi padre. Yo tengo un retrato igual, pero en lugar de Margarita, dice Anacaona."

"No me jodas." Me dijo riéndose.

"No te jodo." El corazón se me quería salir.

"You kidding, right?"

"No, no estoy bromeando." Traté de sonreír, pero mis labios se retorcieron en una mueca de protesta.

Le conté algunos detalles para que pudiera comprobar. Y después de un rato se fue a la cocina sin hablar y allí se quedó callada. A los diez minutos o algo así, decidí irme y me despedí desde la sala.

"Te veo." Me respondió sin salir. Me marché sin despedirme de Pedrito.

Capítulo 11

Víctor no podía comprender lo que había pasado, la reacción de Margarita le sorprendió muchísimo y le destrozaba el corazón que estuviéramos separados de Pedrito. Especialmente él, que no tenía nada que ver con los líos de mi familia. Pasaba por la habitación que con tanto entusiasmo le habíamos decorado al niño y comentaba en voz alta:

"Es una injusticia para el pobre Pedrito"

Yo lo trataba de consolar cuando lo oía lamentándose. Hubiera dado cualquier cosa por hacerlo feliz. Evitarle esa pena.

"Él merece disfrutar de lo que la vida le ofrece. Además, tú eres su tía." Me respondía protestando.

Pensé que se le pasaría. Al fin y al cabo, nosotros habíamos surgido en su vida por casualidad y por casualidad nos había eliminado. Pero Víctor se las arregló para reanudar la amistad con Margarita y volvieron las fiestecitas de recuperación a las cuales él estaba invitado y yo no. El apartamento de Margarita se volvió a convertir en el punto ideal para las celebraciones del grupo, y las fiestas en nuestro brownstone eran más de obligación que de amistad. Por un tiempo no hicimos nada en casa porque se sabía que Margarita no iba a venir y el grupo se sentía vacío sin ella y sin Pedrito.

Yo dejé de ir con Víctor a comprarle regalos al niño y cuando venían por correo los catálogos de juguetes y ropa infantil yo los ponía con la correspondencia de Víctor o sencillamente los tiraba a la basura.

Al otro día de decirle a Margarita que teníamos el mismo padre, llamé a Teresa. Ella tampoco lo podía creer. Cuando le dije que se lo dije a Margarita y que había tenido al niño quedándose en mi casa, puso el grito en el cielo.

"Anacaona, ¿te has vuelto loca?"

"No supe que hacer, Teresa. Esta mujer es mi hermana y su hijo es mi sobrino." Yo hubiese querido tener a Teresa cerca para poder abrazarme de ella. A pesar de sus paterias, Teresa era la más maternal de todas mis amigas cuando estábamos pasando por algún dolor. Ella sabía convertirse en bálsamo aliviador.

"Necesitas unas vacaciones, Anacagüita. Dedícate a tu casa por un par de semanas."

Pero yo hice lo opuesto. Me dediqué a trabajar con más tesón. Inicié los arreglos para abrir una sucursal en Los Altos de Chavón y hasta renové la relación con mi madre, que se extrañaba de tantas llamadas telefónicas.

"¿Cómo te van las cosas en tu matrimonio? ¿Todavía te llevas bien con Víctor?" Mi madre estaba intrigada y trataba de atar cabos para descifrar la situación, pero yo no le decía que me había tropezado con una hija de mi padre, concebida en una relación que propició que ella se separara definitivamente de él. Sin nunca darle el divorcio. Esa fue la venganza de mi madre, no solo contra mi padre sino contra la madre de Margarita. No era que mi padre estuvo muy interesado en el divorcio. Cubría las apariencias. A la verdad que estar casado con mi madre le daba un estatus de hombre de sociedad, de caballero que conocía y respetaba las reglas de una sociedad adicta al juego de las apariencias y que sentía más placer con el amor clandestino, que con el amor sancionado por las leyes y expuesto a la luz pública.

En esos pocos años de amor y felicidad que pasamos Víctor y yo juntos, la vida se convirtió en algo normal y natural y esas preguntas profundas sobre la existencia y el origen de las cosas se quedaron guardadas en alguna esquina del alma, sin urgencia de respuestas. La felicidad nunca es completa, ya eso se sabe, el truco esta en concentrarse en la parte del vaso que está llena y no en la que está vacía. Porque a este mundo hemos venido a sentir ese vació misterioso que viene desde el infinito desconocido, y que se nos queda pegado del aliento, por ser hijos del tiempo que hay entre la vida y la muerte. Mientras tanto, ese espacio entre los dos a veces lo llena el amor. A veces no. Por lo menos con el amor el vaso se ve medio lleno y no medio vacío.

A Víctor le hacía falta Pedrito y yo en verdad estaba dolida de que él se fuera a casa de Margarita sin mí. Pero tenía miedo de decírselo. Tenía miedo de exigirle nada. Después de todo lo conocí gracias a ella. Margarita y Pedrito, sobre todo Margarita, había sido parte de su grupo de apoyo antes de que nos conociéramos. Quién sabe si se conocían desde los tiempos en que Margarita andaba de prostituta. Pero cuando se iba y me dejaba para llevar a pasear a Pedrito. Sin mí, porque Margarita no quería que yo lo viera. Me daba rabia y me daban ganas de llorar.

Cuando le conté lo que pasaba a Awilda ella se preocupó por mi estado de ánimo y me invito a visitarla, pero Miriam, que estaba en la otra línea, se alarmó.

"Si tú quieres conservar a tu marido, no lo dejes solo." Su voz firme y amonestadora. "Estos no son momentos para viajecitos, Anacaona."

Pero yo me iba para el trabajo temprano y regresaba tarde. A decir verdad, yo no sé nada o casi nada del matrimonio. Una cosa es el sexo y mantener una casa y otra muy diferente es mantener un matrimonio. A Víctor siempre le he tenido respeto por ser diferente, personal, tan sí mismo. Aun cuando imita a los demás lo hace a sabiendas, sin perderse de vista a sí mismo. Nunca esperé de él un cliché, una imitación impersonal. Una copia sin firma y sin número de serie, ni fecha de edición.

Un día me esperó con la mesa puesta. Las velas recién encendidas, un botellón de agua Perrier en la cubeta del champagne. Había cocinado uno de nuestros favoritos: moro de habichuelas coloradas con berenjenas guisadas y el olor a plátanos verdes fritos indicaba que acababa de echarlos a freír. Flotando por la habitación, Juan Luis Guerra era un pez que salía por las bocinas haciendo burbujas de amor por donde quiera. Cuando vi a Víctor con su pantalón negro y su camisa de seda blanca suelta y desabotonada exponiendo la camisilla blanca que facilitaba apreciar sus bien formados músculos ganados con el sudor del trabajo y no en el gimnasio, y el olor de Brut de Fabergé que se podía detectar a dos kilómetros, sentí que los nudos que me apretaban el corazón se disolvían y una tibieza dulce encontró su lugar en mi cuerpo.

"¡Que perro eres!" Le sonreí sintiéndome otra vez maleable y acuosa.

"Pero ahora mismo yo lo que quiero es ser un pez." Nuestros labios se buscaron y se encontraron en un beso que hablaba de amistad, de reclamos, de reconciliación y de perdón. Y entonces mi nariz detecto un fuerte olor. "¡Se nos queman los fritos!" Le dije soltándolo.

"Tú sí que eres más perra que yo." Me dijo corriendo hacia la cocina.

"Una perra hambrienta que quiere comer tostones." Lo seguí con mi risa a la cocina.

Comimos y bailamos bachata. Era una noche de principios de otoño, la noche comenzaba a caer temprano y ya parecía que era más tarde de lo que en realidad era. Lo presagios del invierno acercándose con su frío penetrante. Nos quedamos acurrucados en silencio por un rato largo en el sofá de la sala.

"Me ha hecho mucha falta Pedrito." Fue lo primero que dijo para romper el silencio.

"A mí también. Y Margarita. La echo de menos a ella también." Respondí acariciándole las manos.

"Tú eres una persona admirable, Anacaona." Me besaba la frente mirándome a los ojos. "Lo que le has demostrado a Margarita, no creo que a cualquiera se le hubiese hecho fácil hacerlo."

"Yo ni sé que pensar Víctor. Si nos ponemos a pensarlo bien, este asunto no es solamente yo y Margarita y mi padre. Son muchas las familias desgranadas. Hermanos extraviados, incógnitos. Mucha sangre dividida. Como si nada."

Nos quedamos callados otro rato. Nos fuimos a dormir y esa noche no hicimos el amor. Nos dormimos abrazados como dos personas que se reponen del cansancio de un largo viaje solitario. Al otro día -creo que era fin de semana o algo así, porque nos quedamos en casa- preparé desayuno, unos baggels con salmón ahumado, queso crema, tomate y cebolla, cafecito con leche. Y se lo llevé a la cama. Distraídamente comíamos, nos acariciábamos el pelo, las manos y seguíamos con nuestros crucigramas, del Diario La Prensa para él, y yo el del New York Times. Cuando terminamos el desayuno, Víctor puso la bandeja en el suelo y sacó de la gaveta de la mesita de noche un papel doblado cuidadosamente.

"He pasado otro examen." Desdobló el papel ondeándolo con orgullo. Mirándome con aprehensión.

"¿Examen?" No podía ser otro examen de HIV pensé con un poco de miedo.

"Yo creí que tanta droga me había afectado, pero la prueba dice que tengo la esperma lista para producir un ejército."

"¿Un conteo de esperma?" Estaba estupefacta. "¿Para qué te has hecho un conteo? Sabes que yo sigo con la píldora."

"No quería hacerme falsas ilusiones." Me dijo con un aire tenue de timidez.

"Ilusiones de que, mi amor." Mis ojos buscaban en los suyos una pronta explicación.

"Cálmate, no te asustes." Se alisó el pelo con las manos. "Lo he estado pensando. Pedirte que si pudiéramos tener un hijo."

Si me hubiesen golpeado con un bate en la cabeza no lo hubiese sentido. Víctor y yo nunca habíamos hablado de tener hijos.

"Tuyo y mío. Lo nuestro es algo bonito." Me tomó la barbilla para besarme.

"Es bonito como es." Me aparté de su lado. "Tú y yo..." En verdad no sabía que decirle.

"Hormiguita, no me digas que no te gustaría tener un bebé. Algo que salga de ti."

"Yo creí que no te interesaban los niños, Víctor."

"Bueno, antes no me había fijado. Pero me he puesto a pensar. Ser padre tiene que ser algo grande."

"Aparentemente, para algunos no es tan grande." Aunque estaba contrariada no quería herirlo. Pero sus palabras se me clavaban en el corazón como un aguijón caliente. "Tú sabías desde el principio que yo no era ninguna jovencita. Ya casi tengo cuarenta y cinco años y tú casi cincuenta. Ponernos a criar ahora..."

"Muchos hombres a mi edad..." Se dio cuenta de mi dolor y me miró en silencio, desnudo como estaba, sentado en la cama.

Yo salí de la habitación. No quería que me viera llorar.

No lo esperaba de Víctor. Si íbamos a tener una crisis como dicen los gringos, nunca me pasó por la mente que iba ser por esta mierda. Los hijos, la maternidad, los pañales sucios y los biberones nunca me interesaron. Mi mundo siempre fue otro. La familia sí, pero más bien como parte de mi comunidad. Tal vez si me hubiese enamorado en la adolescencia o en mis años de estudiante, hubiese querido tener hijos. Esos años en que parte de la conquista del mundo está ligada a llevarle la cuenta a los caprichos del útero y el éxito depende de mantener el fondillo de la falda sin manchas de sangre y calcular con exactitud cuánto tiempo tienes entre toalla sanitaria y toalla sanitaria, entre tampón y tampón. En esos tiempos una se enamora del amor y tiene hijos porque está en la lista de las cosas que tienes que hacer en la vida. Y no porque es tu lista, sino que la lista genérica que nos endilgan a todos. Diploma, marido, casa, hijos. Así uno por uno con una marca de cotejo. La lista mía siempre fue más larga. Pero nunca incluí ni el amar ni parir. Eso se lo dejé a la vida. El amor lo esperaba con timidez, pero lo esperaba. Pero parir nunca me interesó. Nunca he estado encinta. No por casualidad. Lo he evitado conscientemente. Tampoco he tenido un aborto. En mi casa nunca tuve ni un perrito, ni siquiera un pez o un periquito. Mi instinto maternal ha sido cero. Amor y ternura sí. Como con Pedrito, por ejemplo. Ayudar a la gente, luchar por una causa. He pasado noches de desvelo organizando envíos para ayudar cuando ha habido un huracán, un temblor de tierra, en los refugios de mujeres maltratadas. Si me tocara el destino de cruzarme con un huerfanito sé que no lo abandonaría. Como Pedrito cuando se iba a quedar solo. Me gusta mi trabajo, mis negocios, las cosas que hago para mí y para los artistas que me confían su arte. Así he sido más o menos feliz. Tal vez más feliz que las mujeres que tienen hijos. Para los hombres tal vez sea igual o tal vez no. Víctor quiere tener hijos y él, a su edad, puede preñar a una docena de muchachas jóvenes si se le antoja.

Lo que me duele es que me cambie por un útero que es peor que si me cambiara por una chocha. En mi entrega, le entregué lo que yo soy, todo lo que significo. En mi significado no está incluida la maternidad.

Ese día cuando lo vi salir de la casa me tiré de las greñas a ver si me arrancaba mis malditas ideas de la cabeza. Pero yo soy quien soy, y como soy lo he amado. No ha sido un concepto o un ideal quien lo ha amado. He sido yo, puñeta. He sido yo.

Así estuvimos más de una semana. Evitándonos la mirada. Economizando las palabras y andando por la casa como si se hubiera muerto alguien o como si hubiese un enfermo de gravedad en la habitación contigua. Entonces Víctor comenzó a llegar tarde en la noche, primero como a las diez y después alrededor de las doce y así como por una semana hasta que le pregunté que qué pasaba.

"Mejor es que hablemos." Le dije con la esperanza de volver a lo que antes había sido nuestro idilio.

"Pedrito está enfermo. Margarita necesita apoyo. Si lo que te preocupa es que llego tarde." Y se metió al baño sin esperar mi respuesta.

No quería presionarlo. Sabía que había regresado a las reuniones de Narcóticos Anónimos y creí que estaba previniendo una recaída. Pero no creí que Margarita estuviera en la película.

Cuando me llamaron para cerrar la compra del local en los Altos de Chavón vi el cielo abierto.

"Mejor así. Si se quiere divorciar allí le dejo el brownstone. Que me de mi parte y que sea feliz con una docena de hijos, si eso es lo que quiere."

"No digas disparates, Anacaona." Teresa siempre trata de hacerme entrar en razón, hacerme ver las cosas desde otro punto de vista. "No puedes salirte así de tu casa. Abandonar tu marido por cualquier cosa."

"¡Cualquier cosa! Teresa, si hay alguien en este mundo que me puede comprender ahora, esa persona yo espero que seas tú. A ti tampoco te interesa la maternidad, ni niños, ni nada de eso." Hubo un silencio en la línea telefónica que Teresa rompió con voz pausada, cautelosa.

"A mí los hombres nunca me han interesado mucho, ni cosa que se parezca." La oí respirar profundo. "Pero me hubiese gustado tener aunque fuera un hijo, o hija." "¿Parir un hijo?" Creí que no la había oído bien.

"Si, parir, ser madre." Su voz entre benigna e impaciente. "Sexo, preferencias e instinto maternal, cada cosa es diferente para cada cual. Gustarle a uno una cosa no excluye la otra o viceversa. Pero cuando uno encuentra el amor, hay que luchar por él, Anacagüita. Te lo digo yo que sé que no es fácil conseguirlo y muy fácil perderlo."

Capítulo 12

La Romana tiene su encanto a pesar de lo que significó en la historia de mi familia, los trabajos que pasó la madre de mi abuela y hasta mi propia abuela. La casa tiene un aire de paz y seguridad logradas por la certeza y el empeño de una mujer que no dio su brazo a torcer ante la adversidad. Doña Dominga Ulloa Sánchez de Ventura, la abuela de mi madre, o Mamagüela, como le llamaban los biznietos -muchos de los cuales ni siquiera la llegaron a conocer- había construido esta casa a puro güevo, como dicen los mejicanos. Mi bisabuelo la ayudaba siguiendo pacientemente sus detalladas órdenes, colocando las cosas a su gusto y según sus sueños y paranoia, porque estaba segura de que la misma ola de abusos e injusticias que los arrastró del cafetal a la costa podría fácilmente arrastrarlos al mar Caribe y lanzarlos a los cuatro vientos.

"Esta es una casa para toda la familia. Aquí estaremos seguros, pase lo que pase. Si no la vendemos. No se la debemos a nadie. Es completamente nuestra." Cuando vivía, abuela me hacia esos cuentos imitando la voz de Mamagüela.

Me pude haber quedado en Casa de Campo, haber comprado terreno allí o una casa. Tengo amistades que viven allí. Pero desde los tiempos de Mamagüela, la familia se mantuvo, en lo posible, al margen de las propiedades extranjeras, haciendo negocios que no comprometieran la estabilidad familiar y porque, aunque no se les hacía fácil admitir, les guardaban rencor por haber perdido los cafetales a manos de la United Fruit. Casa de Campo pertenecía a la Gulf-Western y para mi abuela eso era como echarle sal a una herida. Primero, cuando la Puerto Rico South Sugar Company compró toda la costa y abrieron la central -y el lugar se pobló de puertorriqueños e ingleses- Mamagüela se asustó, segura de que sería cuestión de tiempo para que los echaran a todos a la calle, al mar, como decía ella.

"Aquí ahora los puertorriqueños nos critican, pero ellos también se han beneficiado de nuestro país." Me dijo indignada mi madre, un día después de ver las noticias. "Cuando llegaron a La Romana, los puertorriqueños prosperaron. Compañías grandes venían desde Puerto Rico a construir. Allí se quedaron muchos viviendo, que parecen que son de ahí."

La casa era sólida, parte de madera y parte de cemento. Fresca y clara, con aposentos íntimos y mullidos, resguardados de los mosquitos y el ruido de la calle y las voces del resto de la casa. Echaba de menos a mi abuela. Ya no estaba allí para prepararme mangú, ni chocolate caliente, ni batida de lechosa. No estaba allí para recontarme las historias heroicas de Mamagüela, para darme valor y recordarme el camino. Pero estaba Altagracia, que aunque no era lo mismo, era mejor que mi propia madre, porque por lo menos no tenía que consolarla ni tranquilizarla ni asegurarle que sabía lo que estaba haciendo, aunque en verdad, no supiera.

Altagracia ha cuidado la casa por mucho tiempo. Primero su madre y luego ella. Aunque es mayor que yo por un par de años, es una mujer que sabe lo que tiene entre manos cuando se trata de la vida y de administrar una casa. Su madre Esperanza, la trajo a servirme de compañía cuando mi madre la empleó de ama de llaves, como dicen. Lo que significaba que tenía que encargarse de la limpieza, de la cocina y de buscar quien se encargara de la ropa, que luego con las lavadoras automáticas se encargaba ella misma. Altagracia casi fue como una hermana, a no ser por mi madre, que se empeñaba en recordarle su sitio. Por temor a que yo perdiera la buena crianza, porque cada cosa en su lugar y cada cual en su sitio. Según me repetía. La verdad es que Esperanza y Altagracia nos vinieron muy bien. Porque cuando nos fuimos para Puerto rico, ellas se encargaron de la casa de Gascue hasta que mi madre, convencida de que yo no estaba interesada en volver a vivir en ella, la vendió. Cuando mi abuela murió Altagracia siguió a cargo de la casa de La Romana y aunque de vez en cuando metía a alguno de sus maridos de turno, siempre ha sido responsable.

Una sucursal de Carpe Diem en los Altos de Chavón era el proyecto perfecto. Hacía tiempo que lo había estado pensando pero no tuve motivación para iniciarlo. Ahora era el momento perfecto y me he entregado en cuerpo y alma a trabajar en las instalaciones. Conseguir las piezas y con los artistas no ha habido ningún problema. La reputación de Carpe Diem es sólida. Así se llena un vacío. En la casa de mi abuela no me puedo desplomar.

"Llámalo por teléfono, Anacaona. Ya llevas ahí casi seis meses. No te puedes esconder para siempre." Miriam y Awilda ocupaban la línea telefónica.

"¿Quién dice que me estoy escondiendo? Él sabe dónde estoy."

"Vamos para allá."

"¿Quién viene para acá?" Un poquito de esperanza.

"Nosotras tres. No nos juntamos desde tu boda. Llegamos mañana a pasar el fin de semana."

Y así. Como siempre. Las tres mosqueteras venían a rescatar a D'Artagnan.

"Altagracia, vamos a tener visita." Llamé hacia el jardín tan pronto colgué el teléfono. "Búscate a tu cuadrilla para que nos ayude a preparar las habitaciones. ¡Vienen las muchachas!"

Abrimos puertas y ventanas, desempolvamos todo lo empolvado por la brisa salitrosa y el aire dorado que invadía la casa desde la carretera, lavamos los cubrecamas y las cortinas, aireamos las gavetas y le pusimos pachulí fresco, brillamos la plata, desmanchamos la porcelana de Mamagüela, intentamos quitarle el moho empecinado de las losetas del baño, los pisos y las pocas alfombras recibieron lo suyo y por supuesto, con permiso de los ancestros, le hicimos claro a las arañas patilargas que por el momento debían domiciliarse en otra casa. Claro, yo lo que hacía era dirigir, descubrir y recomendar, y al final, darles un toque final a los detalles, porque la que se estaba encargando de todo era Altagracia con su cuadrilla de muchachas que querían ganarse un par de pesos extras que en realidad para ellas de extra no tenían nada.

Lo que yo no esperaba era que vinieran con Margarita y Pedrito. Se bajaron del taxi y se arremolinaron frente al portón del jardín corroborando el número de la casa mientras el chofer sacaba las maletas. Así las vi desde el balcón agrupadas como un inmenso ramo de flores vivas y sonrientes. Miriam, Awilda y Teresa al frente y casi como escondida, Margarita con Pedrito de la mano.

"Te traemos una sorpresa." Gritó Miriam a manera de saludo y se apartaron para que viera quien venía con ellas. "La idea de venir para acá fue de ella."

No nos pudimos decir nada. Ver a Margarita y a Pedrito en la puerta de mi casa me llenó de una paz inefable, de una alegría fresca y natural como la luz del día.

Después de los besos y abrazos y las exclamaciones de sorpresa -y Pedrito que grande estás- Miriam, Awilda y Teresa encontraron la excusa de tener que ir al supermercado y se llevaron a Pedrito para que fuera conociendo. Aunque ellas mismas ni sabían para donde iban, porque tan solo habían venido a Casa de Campo de donde no salieron nada más que para ir a Altos de Chavón, como hace todo el mundo.

"Víctor es un hombre bueno, pero está confundido." Me dijo Margarita cuando estuvimos a solas. "Tenemos una amistad sin ningún interés. En realidad, nos hicimos más íntimos cuando él te conoció."

Sus palabras fueron un bálsamo para mis dudas, pero no curaban la herida que la ausencia de Víctor había abierto en mi corazón. No le quise dar detalles de nuestra separación.

"No tengo intención de que nos comportemos como si hubiésemos crecido juntas." Le hablé pensando las palabras. "Pero por lo menos que la sangre que tenemos en común sirva para unirnos y no para separarnos."

"Debería servir para que por lo menos seamos buenas amigas, ¿verdá?" Sonriendo me apretó las manos y nos abrazamos.

Las muchachas regresaron en son de fiesta, cargando con más paquetes de lo necesario pues en la cocina no hacía falta nada.

"Sentimos mucho lo de la abstinencia, pero de aquí no nos vamos sin saborearnos aunque sea una Presidente de las genuinas." Awilda había tomado el mando de la situación.

"Con discreción, que aquí tenemos al niño." Dijo Teresa con tono amonestador y yo la miré asintiendo en señal de aprobación.

"A Margarita le trajimos su agua de coco."

En algún momento alguien propuso un brindis.

"¡Por la unidad!"

"¡Por la hermandad!"

"¡Por la amistad!"

"¡Por la belleza!"

"¡Por el futuro!"

"¡Por los niños!" Dijo Pedrito levantando su vaso de Malta Morena.

"¡Por los niños! Dijimos todas a coro.

La pasamos bien. Fuimos a la playa, a los restaurantes de los hoteles, visitamos el nuevo local de la sucursal de Carpe Diem. Margarita consiguió un parejo merenguero y bachatero que no le perdía ni pie ni pisada y que juraba que era primo de Fernandito Villalona. Le di el tiempo libre a Altagracia y el tiempo que pasamos en la casa nos pusimos a cocinar, a bailar y a cantar canciones de amor y a hablar de los hombres cuando Pedrito no nos estaba oyendo sin mencionar el nombre de Víctor, lo cual agradecía desde el fondo de mi corazón. Pero era como evitar mencionar a un difunto y eso también me dolía.

La noche antes de irse, después que acostamos a Pedrito, nos fuimos a la terraza a tomar refrescos meciéndonos en las viejas mecedoras de caoba.

"Ahora somos cinco." Dijo Miriam pensativa.

"Eso, si Margarita quiere." Afirmó Teresa.

Margarita y yo intercambiamos miradas tímidamente.

"Nosotras tenemos una amistad muy vieja, somos de las de largo plazo." Le dije a manera de explicación. Con lo único que yo no duro mucho es con los hombres." Por primera vez en mi vida me atreví a llorar enfrente de ellas por algo tan vulgar como el amor de un hombre.

"Anacaona, no te avergüences de lo que sientes." Margarita tomó la palabra. "En el corazón no se manda."

"Por favor, no me lo recuerdes." Miré hacia fuera, las mariposas nocturnas, buscando la luz, aleteaban pegadas a la tela metálica que rodeaba la terraza. "Lo que me sorprende es que no le hablé claro. Me ilusioné pensando que él veía las cosas como yo las veo. Un ideal absurdo. Un amor verdadero. Sin clichés ni lugares comunes. Cosas que una ni sabe."

"Pero tú también lo estás rechazando." Me recriminó Teresa.

"Pero yo no lo estoy cambiando por otro. Para el hombre es fácil. Querer o no querer un hijo. La que tiene el útero es la mujer." Yo no sabía si tenía razón o no. Tampoco sabía cómo resolver el asunto.

Más que nunca me hizo falta mi abuela. Estaba segura que ella me hubiese dado el consejo perfecto, la palabra precisa, la dirección correcta. Su amor me hubiera mostrado la llave de esa puerta que yo misma había cerrado.

La noche que mis amigas se fueron de La Romana, soñé con Juan Luis Guerra. Que saliendo de una pintura en una pared de Carpe Diem, vestido de ropa formal y su sombrero negro, me ofrecía un ramo de rosas rojas. "Tú tienes la llave de su corazón." En el sueño yo miré a mi alrededor y vi que estaba a orillas de un mar casi sin palmas. Me avergoncé de no tener nada que ofrecerle a mi artista favorito. Traté de decirle; "Dispénseme. Disculpe la condición." Juan Luis me hizo un gesto leve como encogiéndose de hombros y me ofreció de nuevo las rosas rojas que cuando las toqué, se transformaron en una fuente de agua y pétalos rojos, que flotaron por el suelo del gran salón de la galería con sus paredes llenas de cuadros listos para la noche de la inauguración.

Cuando desperté por la mañana, me volvía el recuerdo del olor a rosas, mezclado con el recuerdo de Brut de Fabergé y 4711.

Me pasé el resto del día enviando invitaciones, corroborando la publicidad, supervisando el montaje de las piezas, y entrevistando candidatos para trabajar atendiendo la galería. El aroma de las rosas se me aferró sin tregua y me acompañó de regreso a la casa, y me seguía aun después de meterme a la bañera en un baño lleno de sales y aceites, y me siguió a la cama y me siguió saliendo por los ojos que se inundaban de lágrimas, y no me abandonó hasta que al otro día Altagracia vino a ver que me pasaba, porque eran casi las diez de la mañana y no me había sentido salir de mi aposento.

"¡Estas ardiendo en fiebre!" Alarmada vino a tocarme la frente al verme que estaba en cama.

"Altagracia, no me puedo enfermar. La inauguración es en una semana. Tengo mucho que hacer."

"Bueno, tienes suficiente tiempo para enfermarte por lo menos un día, tal vez hasta dos." Su tono era de reproche.

"No puedo enfermarme. Búscame algo que me corte esto rápido."

"Yo sé de qué te viene esa fiebre." Retorcía la boca echando chuipe, mirándome fijamente a los ojos con fingido escarnio. "No importa la medicina que yo te traiga como quiera tienes que descansar."

Más tarde Altagracia regresó con un menjunje en una botella.

"Toma, para el mar de amor."

No se lo había dicho a nadie, mucho menos a las muchachas y no sé si Margarita lo sabía. La única que en aquellos momentos sé que lo sabía era Altagracia. Después que yo llegué a la casa de La Romana, Víctor se me apareció frente a la casa como a la semana de estar allí. Vestido con unos pantalones kaki y una guayabera blanca y un sombrero de Panamá - como una aparición, una extensión de mi mente- caminando hacia la casa por la veredita de azulejos y losetas. Lo esperé en lo alto del balcón con las piernas volviéndoseme de goma y el corazón desbocado. Nos besamos como dos huérfanos muertos de hambre. Como Penélope debió haber besado a Ulises al volverse a encontrar.

"Acabemos este disparate, hormiguita." Víctor no era hombre de ponerse con escenas de llanto, así que se tomó su tiempo respirando profundo varias veces y pensando bien las palabras. "Sin tí me siento raro. Las cosas se ven raras. Hasta lo que hago de rutina. Life is weird without you."

"A mí también me gusta más vivir contigo que vivir sin ti, Víctor." Mi voz presagiaba la firmeza de un ultimátum. "Contigo soy feliz." Le dije mirándole a los ojos, queriendo llorar.

"¿Pero?"

"Pero no quiero ser egoísta. Si quieres hijos, eres libre de formar un hogar con alguien que esté dispuesta a dártelos.

"Me juraste amor sin condición y hasta que la muerte nos separe." Con una sonrisa irónica y forzada en sus labios acostumbrados a la espontaneidad y a la franqueza, Víctor trataba de bromear para amortiguar el reclamo.

"Mi amor por ti es tan grande que estoy dispuesta a dejarte ir para que seas feliz."

"Pero ninguno de los dos estamos muertos todavía."

"Si yo te paro un hijo nada más que para complacerte y para retenerte, la Anacaona que tú conoces habrá muerto, este concepto que soy, más allá de mis huesos y mi presencia carnal. Otra persona desconocida ocupará mi lugar, pero no seré yo. No seré la que tú amas. O la que tú crees que amas no soy yo."

"Pero tú me amarías siendo padre." Me dijo mirándome con gesto seductor.

"Es algo que escoges por tu voluntad. Tienes el deseo, la inclinación. Yo no tengo esos sentimientos en mi corazón, como parte de mi existencia. Para ti es fácil, tú no tienes que escoger, es algo que quieres. Yo tendría que convencerme racionalmente. Para estas cosas se necesita el corazón, Víctor. No la cabeza."

Estábamos sentados en la sala formal de la casa, la luz filtrándose por las ventanas vestidas con cortinas de encaje tejido por mi abuela y sus hermanas. El aroma de café recién colado flotando desde la cocina y después de unos minutos demasiado largos de un pesado silencio, Altagracia se asomó con una bandeja con dos tazas con café negro y casabe con miel y mantequilla.

"Te puedes quedar aquí si quieres." Bajé los ojos tímidamente mientras le hablaba.

"En tu habitación" No fue una pregunta.

Me volví a Altagracia. "Que le lleven el equipaje a mi aposento, Altagracia." Dije con voz sin tensión.

Esa noche hicimos el amor con un poco de tristeza. Nuestros sexos se encontraron y al contacto podían sentir como un dolor carnal por el hambre reprimida, magulladuras del deseo melancólico. Su penetración fue de reclamo, como si le preguntara a mi vulva, porque no me dejaste entrar y mi labia reclamaba por qué no regresaste. Me abrí para que se hundiera más en mí, para reiterarle que había guardado su trono intacto. Y el desplegó el surco húmedo de mi labia como arado que rompe la tierra abriéndole paso a la luz del sol.

Al día siguiente caminando por la playa recogiendo un caracol me dijo.

"Yo tengo un hijo."

"¿Qué?" El mar era un espejo de destellos luminosos.

"Tengo un hijo casi de diecisiete años. Se llama Edwin.

Vive con su madre en Puerto Rico."

Me senté en la arena, las olas suaves acariciándome los pies.

"Su madre y yo nos dejamos de ver cuando el niño tenía como cinco años. Nunca me he ocupado de él. Esa es la verdá" Trazábamos dibujitos en la arena con los dedos. Cuando nos volvimos a mirar, estábamos llorando.

Nos abrazamos en silencio. "Un hijo. Abandonado. Yo no puedo con esto." Eso fue lo último que le dije. Regresamos en silencio.

En la casa él empacó su maleta y se despidió de mi marchándose de la misma forma que había llegado. Así, como un sueño o pesadilla, que si no hubiese sido por Altagracia, me hubiese convencido de que lo inventé todo.

Gracias a las sopas y mangú, y por supuesto, al jarabe con sabor infernal y los sajumerios de Altagracia, me recuperé. Mis primas vinieron al rescate y me ayudaron en los preparativos de la apertura de la galería y aunque mi madre no quiso venir, me contestó la invitación con una llamada. Recibí confirmación de sus hermanos, y muchos familiares por su parte enviaron tarjetas de felicitación y notas en los periódicos deseándome suerte y éxito. Y hasta Oscar de la Renta mandó una nota felicitándome y presentando sus excusas por no poder asistir. Lo invité con esperanza de que viniera, porque de todos los empeños frívolos de mi madre, el único que abracé con fervor y empecinado tesón fue su doctrina por la costura del señor De La Renta. Tal vez porque me recordaba la costura de mi abuela, llena de encajes y texturas para las mujeres y tan sensual y sobria para los caballeros. Tan a la par con sus fragancias, varoniles y elegantemente cómodas. Pero no lamentaba no poder asistir. Compromisos previos.

El día de la inauguración se acercaba. Hubo entrevistas con reporteros de periódicos y revistas locales y de Vanity Fair y del New Yorker, Parsons School Art Magazine y también de la televisión nacional y de una revista visual de España. La apertura de la galería también se iba a televisar en vivo para una revista de variedades culturales Buenos Días Santo Domingo y yo tenía que estar de un lado para otro asegurándome que todo estuviera en orden, y sin estorbarse los unos a los otros, ni que se impidiera el disfrute de los invitados, ni que nada fuera en detrimento de la apreciación de las obras de arte en exhibición.

Mis primos Julián y Petra se encargaron de la música y había música de cámara en vivo, un disc-jockey y un conjunto local de merengue de Perico Ripiao, que me aseguraban tocaban lo que se le pidiera. Una compañía se encargó de desplegar una mesa con un buen buffet tropical de tapas y entremeses de mariscos, frituras, quesos y frutas y un bar con bebidas nacionales, refrescos y vinos y unas cuantas cajas de champagne para el brindis de la dedicación. Teníamos un fotógrafo y nuestro propio camarógrafo encargándose de firmar el video para documentar el evento para los archivos Carpe Diem.

Me fui al spa de Casa de Campo y salí como nueva después de los masajes y los vapores y mascarillas faciales y corporales. Con pedicura y manicura nuevos. El color de pelo refrescado, y la punta del pelo emparejados, la piel radiante por los jugos frescos de frutas y vegetales, junto con los suplementos de vitaminas y minerales inyectados en intravenosas gota a gota con un suero mientras escuchaba cánticos en sanscrito y repetía un mantra despojador de pensamientos negativos. Salí de allí envuelta en un traje de Oscar de la Renta blanco con turquesas bordadas en oro en una tela de ojillos. Un corte clásico entallado en la cintura cubriendo hasta sobre las rodillas con un escote cuadrado exhibiendo un poco los senos y una torerita de mangas tres cuartos hasta la cintura, de cuello sencillo sin doblez. Aretes, pulsera y collar de perlas grandes de Chanel. El maquillaje destacando mi color almendra. Los ojos de sombras cremosas y nacaradas, profundos con un poquitito de pestañas postizas para disipar el aire de tristeza. Los labios con un tono de ciruela fresca. Los zapatos de tacón alto y sin talón, blancos con adornos dorados, hacían juego con el pequeño bolso.

Todo estaba bajo control y la inesperada presencia de mi familia le añadió un toque de novedad a la inauguración, porque aparte de la apertura de la sucursal principal de Carpe Diem en Nueva York, hace más de veinte años, ningún miembro de mi familia había asistido a las aperturas de las otras sucursales.

Casi al final del salón, en la pared frente al bar, estaba el cuadro del sueño, pero sin Juan Luis Guerra con su ramo de rosas encendidas. Una playa desierta con un mar gris iluminado por una luna de plata.

La inauguración vino y se fue. Su éxito fue tan grande que por varios días la radio, televisión y periódicos locales siguieron hablando, comentando y entrevistando a escultores y pintores de la muestra.

La recepción fue alegre y productiva, la comida riquísima, la música apropiada. El champagne alcanzó y sobró y luego del brindis, a sugerencia de uno de mis primos, los concurrentes fueron invitados a pagar en el bar por sus bebidas alcohólicas, para contribuir con una recaudación en beneficio de alguna de las caridades locales escogidas por los artistas de la muestra. Así me quedó la conciencia tranquila de no desperdiciar en algo, como el licor, que podía perjudicar profundamente a cualquiera de los presentes o a varios.

El grupo del perico ripiao resultó una gran novedad.

A menos para mí, que no disfrutaba de algo así desde mi infancia y ni eso. Porque en aquellos tiempos me avergonzaba de esas cosas ya que, según mi madre, eran cosas de gente del campo, sin cultura. Y por supuesto, cualquier cosa catalogada como "del campo" o "de campunos" debía rechazarse u ocultar el interés. Así que cuando el conjunto de músicos arrancó con sus pegajosas melodías y la gente arrancó a bailar, yo me consideré una anfitriona realizada y me di el lujo de disfrutar un ratito con mis primos hasta que tocaron el de Juan Luis Guerra sobre la gallera y uno de los pintores me dijo "¿Vamos?"

No pude resistir y me dejé arrastrar por el merengue y me despojé de la torerita y dándole gracias a Dios porque mis zapatos eran cómodos, allí mismo arranqué a bailar. Me olvidé de los negocios, de mi madre ausente, de la prensa, del cambio del dólar y del estado del arte. Del único que me recordé fue de Víctor.

Los días siguientes fueron también frenéticos. La galería atrajo la atención de los profesores y artistas de Los Altos de Chavón. Por supuesto, los turistas querían comprar y visitar los estudios de los artistas de la muestra. La correspondencia y el correo electrónico inundaban tanto mí escritorio tridimensional como mi escritorio virtual, el teléfono no paraba de sonar y la galería era un lugar donde la gente entraba procurándome y esperaba atención inmediata. El dulce aroma del éxito me embriagaba, me mantenía ocupada, distraía el paso de las horas.

Sabía que más tarde o más temprano tenía que seguir moviéndome. Tal vez Francia seria el país más apropiado para visitar próximamente. Pensaba en la sucursal de Parsons allá. Era lo más lógico.

Pero tenía que llamar a mi abogado antes de irme a Europa.

Había un negocio pendiente que quería clausurar y por más que no quisiera, no me quedaba más remedio que enfrentarme al cierre. Punto final.

No quise hablar con las muchachas. Ni con mi madre. Era algo privado y personal e intentar confidencias era trivializarlo. Desintegrarlo, derrumbarlo como un ranchón viejo de vigas podridas y sin solidez.

Jackie me dio el número de teléfono cuando llamé a Nueva York para pasar revista al estado de cosas en la galería.

"Si estoy segura de que eso es lo mejor." Aseguré con fingida indiferencia. "Sírvele los papeles del divorcio y dale lo que pida."

"No te puedes divorciar de alguien porque tenga hijos de matrimonios o alianzas previas."

Míster Rollings trataba de prevenir consecuencias funestamente costosas.

"Incompatibilidad de caracteres y mutuo acuerdo. Tenía un hijo y no me lo había dicho. Y para rematar un hijo abandonado." Le dije impaciente, sin querer visualizar un futuro en donde Víctor no estaba presente. Pero a lo echo pecho. Lo peor de perder un gran amor es sentir en los huesos la certeza de que nunca más volverás a follar con nadie como follaste con él. Un futuro sin volver a coger gusto de verdad y sin escatimo.

"¿Qué tal si Víctor se niega, no quiere aceptar?" El abogado me sacó de mis divagaciones vaginales.

"No dudo que acepte, Rollings. No hemos vuelto a hablar. No ha llamado. Mándemelos en un fax y yo los firmo. Él los va a firmar también, ya verá."

Pasó más de un mes, los vientos huracanados del verano ya se estaban despidiendo del Caribe y de nuevo ya se sentía el fresco de la brisa otoñal, abriéndose camino desde el norte empujando la nueva temporada de turismo que venía con los pájaros de las nieves como le llamaban en Ajijíc. El viento frio de la noche me daba nostalgia. Recordaba mis flores abandonadas en el patio del brownstone en

Brooklyn. De todas maneras, estaba pensando irme a Paris. Pensaba organizando la ropa que me iba a llevar. Nunca había pasado tanto tiempo en mi país desde que salí para Puerto Rico a vivir y me sentía como extranjera. Porque aparte de mis relaciones de negocios y los familiares, que no vivían en La Romana desde hacía mucho tiempo, para el resto de la gente del país yo era una extranjera más, puertorriqueña que era peor. En los colmados y tiendas de dueña de galería, pasaba a ser -a los ojos de los que no me conocían- una turista más a quien había que cobrársele el doble de lo que se cobraba por cualquier cosa, porque venía con dólares, y cuando se enteraban que era dominicana no dudaban que había adquirido el dinero de la venta de drogas o en la prostitución. Para evitar ese desaire me refugiaba en la casa o iba a restaurantes y lugares de extranjeros. Mejor era pensar en seguirlo para Paris, pero Míster Rollings, no me había llamado. Aparentemente Víctor se estaba poniendo difícil.

"En algún momento el tendrá que comunicarse." Altagracia me consolaba trayéndome un con-concito dorado mojado en salsa de habichuelas y yo me lo comía mirando en la televisión películas en blanco y negro de María Félix enamorada de un indómito Pedro

Armendáriz. Me iba a dormir con la musiquita lejana y triste del radio del vecino, con corridos mejicanos o rancheras y bachatas.

Uno de esos días estaba trabajando en mi oficina de Carpe Diem organizando papeles y entrenando a la agente que se iba a quedar a cargo.

"La procuran, doña Anacaona." Mayra la recepcionista, tocó en la puerta abierta antes de interrumpir y me entregó la tarjeta del inesperado visitante.

Si en algún momento de mi vida debí haber temblado fue en esa ocasión cuando vi el inconfundible logo de martillo y brocha de las tarjetas baratas de Víctor.

"Hazlo pasar." La recepcionista salió inmediatamente.

Miré a la agente que estaba entrenando. "Por favor, déjanos solos." Y me senté detrás de mi escritorio a esperar.

La figura de Víctor se recortó en la brillantez de la puerta del despacho de Carpe Diem, la silueta del hombre que se fue sin siquiera mirarme a la cara cuando le dije que, en vez de estar añorando hijos que no existen, debería atender al que ya existe. Que quién sabe si está pasando trabajo y privaciones absurdas porque su padre no se ocupa ni de saber lo que le falta. Perpetuador de pobreza. Crecí escuchando a las sirvientas quejarse de tener que mantener a los hijos solas porque cuando el hombre las abandonaba también se olvidaban de los hijos. Pero ellas se ponían a vivir con hombres que ya tenían hijos y que no tenían dinero para mantener hijos ajenos, ni tampoco los nuevos que venían, ni los hijos que dejó con la última mujer. Hambre y miseria por todos lados. Las amigas ricas de mi madre no querían que sus maridos les pasaran dinero a los hijos de las queridas, que cuando las dejaban de visitar, también dejaban de darle dinero para los hijos. Nunca pude comprender a las mujeres que se casaban con hombres divorciados con hijos de otro matrimonio o matrimonios, y se enojan e insisten en que no le den dinero a los hijos de la mujer anterior.

Nunca he podido soportar esas conversaciones de mujeres quejándose y pariéndole hijos a hombres que ya se saben que no cumplen con los hijos que engendran. Hombres que solamente dan dinero para los hijos si la mujer se lo deja meter. Esa era la queja de una de las cocineras. "Ya no soy su mujer y cuando viene de vez en cuando con dos o tres pesos para los niños, entonces quiere que yo me deje hacer." Y así la vuelve a preñar. Yo no puedo soportar un hombre así.

Y ahora Víctor otra vez.

Allí estaba frente a mí. Los mismos pantalones kaki de verano, una camisa blanca de hilo con mangas cortas por dentro del pantalón y su sombrero de Panamá.

"No puedo creer que me hallas enviado estos papeles a través de un abogado." Estaba furioso. Nosotros nunca habíamos tenido una pelea real en el tiempo que vivimos juntos. Peleas comprensivas, pero nada de mandarse pa'l carajo ni cosa parecida.

"Evitemos los disparates, por favor." Le hice un ademán de alto, talk to the hand.

"Aquí tienes tus papeles." Casi los tiró sobre el escritorio. "Y así también fíjate en estos comprobantes." Puso también un sobre tamaño comercial sobre los papeles de divorcio que le sirvió Rollings.

No discutí, ni dije nada. Abrí el sobre y me fijé que contenía comprobantes de pago y talonarios de cheques de banco dirigidos a Edwin Rodríguez Torres y Josefina Torres.

"Me estoy poniendo al día con los pagos y me voy a encargar de los estudios de Edwin. Él quiere ir a la universidá." Dejó salir un suspiro.

"No voy a culpar a las drogas. No puedo recuperar los años de su infancia que perdí por mi egoísmo y mi ignorancia. Ni aun teniendo otro hijo. No es justo tener un hijo para tapar lo que uno dejó de hacer con el otro, como si fuera un borrón y cuenta nueva y el primero no vale."

En ese instante sentí que verdaderamente me acababa de enamorar de Víctor como si en verdad lo viera por primera vez.

Capítulo 13

Si es verdad que separarme de Víctor ha sido el tiempo de más dolor en mi vida, también es justo decir que me trajo de nuevo a Kiskeya, cosa que no hubiese hecho sino empujada por una fuerza demasiado superior, como el dolor. Desde hace más de cinco años he seguido regresando cada año por negocio y por placer y aunque no es lo mismo que en mis recuerdos de la infancia, que tampoco fue una época feliz de mi vida en el país, la paso bien y mis tías y primos me visitan, incluso por el lado de mi padre.

Aquella tarde que Víctor se presentó en Carpe Diem con los papeles de divorcio y los comprobantes de pago el sol se detuvo por un instante en La Romana a recuperar su luz. Víctor me vio en la mirada que le pedía un beso, mis labios anticipando el sabor de los suyos y con confianza rodeó el escritorio y me echó los brazos.

"Hormiguita, hormiguita."

Nos besamos poco a poco con besos breves exploradores y luego largamente, hasta que sentía su lengua invadiéndome como una penetración del alma. Casi un año sin sus besos ni su olor, ni la caricia de su voz al despertar.

"Me has hecho tanta falta." Me dijo suspirando quedamente en el oído.

Nos fuimos para la casa de la abuela, como todavía le decimos, y despaché a Altagracia por el resto de la semana. Allí, en la misma habitación que había sido de mi bisabuela y de mi abuela y que más tarde, cuando yo muera tal vez sea de Margarita o de Pedrito. En esa misma habitación Víctor y yo volvimos a inventar el amor y a descubrir rutas nuevas para acortar, a través de nuestra carne, la distancia entre nuestros corazones y entre nuestras almas. Víctor me lo metió a su antojo, sin abandonar la reverente actitud de devoto abnegado, y yo me lo puse hasta en la boca, con el gusto goloso de una hambrienta depravada y al culminar, nuestro éxtasis no hizo ruidos altisonantes de bestias salvajes, ni llamamos nuestro nombre a grito entrecortado. Sino que oí su voz como saliendo de un pozo. "Aquí estoy." Dijo, y sentí el calor de su leche, y palpitante, le dije "Ahí mismo." Y navegué por la corriente hacia arriba.

Pasamos como tres días follando, chichando y singando, todo a la vez y por turno, según estuviésemos de humor. Y cuando teníamos hambre, salíamos a comer ostras y mariscos y caldo de pescado para asegurarme de mantener a Víctor en forma para lo que le esperaba cuando regresábamos a la casa.

Regresar al brownstone de Brooklyn fue como regresar a un ser querido. Mi verdadero hogar. Esta vez los dos preparamos nuestro aposento, con flores frescas en los jarrones y velas perfumadas y agua destilada para la fuente eléctrica de la ventana. Yo

quemé incienso y abrí las ventanas para dejar salir el humo y dejar aire nuevo reponer el espacio.

Volvimos a celebrar nuestros encuentros con nuestros amigos de Narcóticos y Alcohólicos Anónimos. La casa se llenó de música y baile y risas sanas y alegres.

Los negocios de Víctor siguen bien, es un contratista de éxito y lo ha hecho por sus propios méritos y con su propio dinero. Su hijo Edwin es parte de su vida y nos visita dos o tres veces al año o cuando tiene oportunidad, Víctor va a visitarlo a la Universidad de Puerto Rico.

La casa de La Romana se ha convertido en un lugar favorito de todas nosotras e inclusive mi madre la frecuenta, naturalmente evitando ir cuando Margarita está presente. Porque mi madre no transa en cuanto a conocer a la hija de la mujer que rompió su hogar, según sus palabras. Yo tampoco tengo interés en conocer a la madre de Margarita, pero he pasado un par de ocasiones con los hermanos de Margarita, que también son mis hermanos.

Cuando Jackie, mi asistente de Carpe Diem-New York, encontró el amor de su vida en un crucero para solteros desesperados por conseguir pareja, no lo pensó mucho y me dio mis dos semanas de aviso, fue al depósito donde tenía guardados todos sus muebles que había heredado de un primer matrimonio que la dejó cerrada al amor por más de quince años, pagando cien dólares mensuales. Sacó una maletita vieja de metal y cartón prensado, y le entregó la llave al encargado del depósito.

"Usted se encarga de la llave." Le respondió el empleado con impaciencia.

"No. You can keep it. No me interesa la llave ni lo que guarda la llave." Jackie se fue a Wyoming sin sacar cuentas ni cerrar tratos, con un hombre bastante guapo de Boston, que había heredado de los abuelos las tierras ancestrales de los ranchos en la pradera y nunca se había atrevido ni a visitarlos dejando la casa derrumbarse de abandono, mientras vivía en un apartamento estudio un poquito más grande que un closet. Tuve que conseguirme a alguien rápido. La suerte fue que Margarita estaba interesada en la posición y me vino como anillo al dedo. Ya lleva encargándose muchos años. Y quien sabe si se hace socia.

Estoy más tranquila en el trabajo. No viajo tanto como antes por negocio, sino por placer. Me busqué unos socios para las otras sucursales y ellos se encargan de muchas cosas.

He vuelto a pintar y le estoy cogiendo el golpe de nuevo al pincel. Todavía estoy pintando playas y palmas y cayenas encendidas y embadurnadas. Ya no me lamento de haberme dedicado a los negocios. Nunca se sabrá si yo estaba destinada a pintar obras de arte o a embadurnar amapolas y desperdiciar lienzos. Carpe Diem es mi obra de arte y de eso estoy orgullosa y satisfecha. A través de la galería he ayudado a mucha gente y eso es lo mejor.

En la casa de Mamagüela siempre se respira certidumbre y solides. Es como un profundo imán con un extendido campo magnético y allí hemos seguido usándola como nuestros cuarteles generales vacacional o refugio para amantes, o víctimas de la vida. Awilda, Teresa, Miriam y yo seguimos teniendo nuestras escapadas cortas, como aquella vez que Víctor y yo nos separamos y fuimos a Perú. Pero casi siempre venimos todos a parar a La Romana, inclusive Víctor, Edwin, Margarita y Pedrito.

Un día tuve que afincar el pie y entrar en acción porque, aunque Altagracia es una mujer que no pide favores ni trata de sacar provecho de la amistad, la verdad es que ella es como una hermana para mí y como sé que es muy correcta en sus cosas, cuando la veo por las esquinas caminando con la cabeza mirando para otro lado, me le fijo en los ojos para ver si están aguados, como ese día que no me quería decir hasta que me le puse firme.

"Melania se me quiere ir en una yola para Puerto Rico." Aguantó las lágrimas y la nariz se le puso roja. "Mejor que me entierre un puñal en el pecho."

Melania era jabaita, como de veinticinco años con cuerpo de modelo, que completó su bachillerato lo mejor que pudo y se lamentaba de tener que trabajar de sirvienta o despachando tragos en bares, o de mesera en restaurantes baratos. No había nadie que la disuadiera de irse. El olor de la aventura, de ver otro mundo se la comía por dentro y en la cara se le veía claramente que no le tenía miedo a la vida. Estaba impaciente por recorrer el mundo y no iba a esperar por pasaportes ni formalismos.

"Te vas a ir de todos modos." La miré a los ojos, convencida.

"De aquí me largo yo." La rabia le entrecortaba la respiración al hablar.

"¿Tienes conexiones para comprar un machete?" Altagracia a lo que le tenía miedo era a la yola, pensé.

"La conexión siempre aparece cuando uno puede pagar." Me dio la espalda.

"Si tú crees que te puedes conectar..." Abrí mi cartera y saqué todo el efectivo que tenía. "Aquí tienes para que comiences. Averigua y ve a la casa a decirme cuanto te falta. Tengo una prima en la embajada americana."

Altagracia lloró en mi hombro cuando le conté lo de mi visita a Melania. "Por lo menos con un machete va segura en el avión."

"No te apures Altagracia, que cuando llegue a Nueva York yo la ayudo en lo que pueda."

Como quien dice, paso más tiempo en la casa de abuela que en Nueva York. Entre cubrir la temporada en Carpe Diem-Altos de Chavón, reunirme con las muchachas en nuestro encuentro anual, pasar tiempo de luna de miel anual con Víctor, celebrarle los triunfos a Edwin, Pedrito y los nietos de Awilda y algún otro evento que requiera celebrarse en ambiente tropical, para allá es que vamos todos. Me la pasó más de la mitad del año, si me pongo a sacar cuentas.

Aquel cuadro de la escena de la playa y el sueño con Juan Luis Guerra, nadie lo quiso comprar. Estuvo tanto tiempo en la galería que me acostumbre a él, y me daba pena por el artista, porque él estaba muy orgulloso de su pintura y racionalizaba la causa del rechazo. Así que se lo compré y lo puse en la terraza, cerca del bar. Una noche estaba dormitando en la mecedora y me volvía a soñar con la escena del sueño que había tenido esa noche de desesperación, tantos años atrás, pero en vez de Juan Luis

Guerra lo que había era una piedra con una máscara primitiva encima. En el sueño comenzaron a caer unas gotas de lluvia gruesas y pulidas como piedras de río, y llegaba a mis oídos una musiquita de acordeón tocando un merengue dulce y melancólico como un tango de arrabal. Comenzó a tronar y me despertaron los truenos porque la lluvia de mis sueños tenía su origen en la realidad. Miré para el patio y vi un lugar en el centro que parecía tener una piedra o una lata de aceite de maní cogiendo agua de lluvia. Entre el chapurreo de la lluvia, gotas-tac-tac-splash, me parecía escuchar un sonido de acordeón. Seguí mirando la lluvia y a veces relampagueaba y veía la lata de aceite en el centro llena de agua que de vez en cuando parecía una piedra antigua.

Al otro día no perdí tiempo y mandé a buscar a Altagracia. "¿Quién hace bohíos por aquí? Le pregunté vehemente.

"Los que yo conozco, no son de por aquí, Anacaona."

"Llévame. Los quiero conocer."

Así fui a parar a San Juan de la Maguana. Altagracia tenía a su familia que el tronco venía de allí. Aunque la vida los había desperdigado a los cuatro vientos, Altagracia todavía tenía tíos y primos que la reconocieron y se pusieron a hablar con ella como si se estuvieran viendo todos los días, como si el tiempo no pasara, que no podían precisar si la última vez fue en un entierro o en una boda.

Me llevaron a ver unos bohíos viejísimos pero todavía en pie que, aunque deshabitados, todavía eran conservados por la comunidad por un pacto tácito de dejarlos tranquilos sin hablar mucho de ellos.

"Si lo tumbamos, se va a quedar ese sitio vacío. Se va a quedar un hoyo." Me dijo un hombre como en sus cuarenta años.

"Ahora mismo ese bohío, en verdad lo que hace es cubrir un hoyo, doña." Me dijo doña Eulogia, una vieja con un cachimbo adornándole la sonrisa desdentada.

Me lo explicaron todo. Como se escoge la madera, las pencas de palma-cana. Altagracia me señaló a los hombres de confianza y yo contraté a un grupo para que me hicieran un bohío redondo, tradicional en el patio de la casa de la abuela.

Lo considero una obra de arte. Fresco y penumbroso, un poco húmedo. Lo he adornado con jigüeras y maracas, y un carpintero me reprodujo unas sillas de esas que dicen que los indios de aquí hacían, dujos.

También le tengo dos hamacas, de las que se hacen aquí. No tengo altares en mi casa, nunca me han interesado mucho, pero se puede decir que ese bohío es mi altar, mi lugar de descanso. Cuando me hace falta me voy allí a dejar de pensar. A aprender a callar para poder escuchar. A los muchachos les gusta, a Edwin y a Pedrito, y Margarita se refugió allí aquella vez que estaba agobiada por el amor.

Luego de su primer marido, con el cual obtuvo los papeles de residencia porque el hombre era boricua, Margarita se metía con hombres por sacarles beneficio y de los pocos que se enamoró siempre resultaba que eran candidatos a cadena perpetua, o morían de una sobredosis, o ella terminaba refugiándose en una casa protegida para salvar el pellejo. Con Abdul, fue diferente. A pesar de que era un cliente muy valioso, el hombre le demostró un gran nivel de amistad y de solidaridad humana cuando se casó con ella para recuperar a Pedrito y luego ya sabemos que se separaron después de lo de la cárcel. Pasó mucho tiempo y Margarita no les hacía caso a los hombres. Se le acercaban y le ofrecían villas y castillas, y nada. Tampoco hablaba de que le hiciera falta el calor de un hombre. Yo pensé que no era para menos, después del torbellino que le había tocado vivir. "Tomarse unas vacaciones". Decía Teresa, que siempre me preguntaba cómo le iba a Margarita. "Con tanta droga y bochinche, tal vez la vida no le ha dejado encontrar su verdadera identidad". Teresa comenzó a interesarse o a mostrar interés por Margarita poco a poco, y con mucho tacto inventaba situaciones para pasar tiempo con ella y ahí Pedrito venía de maravilla. Porque con la excusa de darle vacaciones a Pedrito, Teresa se inventaba unas reuniones familiares aquí en La Romana – además de Nueva York- muy frecuentes. Si Margarita no venía, se la pasaban hablándose por teléfono hasta altas horas de la noche y a cada rato durante el día sonaba el celular de Teresa con llamada de Margarita en Nueva York.

Yo, como siempre, me hacía la desentendida.

Pero Margarita de un momento a otro se enamoró de un italiano de Brooklyn. Me pareció extraño, porque no había visto italianos emparejándose con dominicanas. Tan pronto lo supieron, la familia del novio vino a convencer a Margarita de abandonar la relación. Un grupo de hermanos, primos y cuñados. Resultó que era casado y los hermanos de la esposa no estaban muy contentos. Margarita lloraba despotricando y diciendo que de tantos hombres en el mundo, ella tenía que fijarse siempre en los que no le convenían. La invité a que viniera a pasarse por lo menos un fin de semana, para que botara el golpe. Cuando Margarita llegó, di gracias a Dios por haberla traído, porque tenía un aspecto como si quisiera emborracharse. Teresa llamó. Le conté que tan pronto llegó a la casa, Margarita se había metido en el bohío disque en un retiro espiritual con ayuno y todo, y no quería que la interrumpieran.

"¿Sin comer y sin beber?" Preguntaba Teresa reventándome el oído. "Agua si toma. Pero quiere estar sola. Hay que darle espacio, Teresa". Yo pensé ¿hasta cuando íbamos a seguir con este juego? ¿Cuándo Teresa se iba a dejar de obligarnos a disimular? Bueno, que Margarita lo tomó en serio. Primero se metió al bohío con mucha amargura y parecía que lo que buscaba era una cueva para lamentarse de sus pesares, deleitarse regodeándose en su dolor, pero poco a poco se fue levantando del suelo en donde había estado tirada completamente desnuda por casi dos días. Con Altagracia me ponía de guardia y le manteníamos la tinajita llena de agua. También le poníamos té de yerbas, jengibre, y canela. Ese bohío. Me sorprendió que siendo tan rústico se transformara en algo tan etéreo. A veces paso mucho tiempo sin visitarlo, me conformo con mirarlo desde la terraza, sobre todo en las noches de lluvia, cuando el viento sopla arremolinándose a su alrededor y las ramas de palma del techo parecen suspendidas en la oscuridad como sombras danzando al vaivén de la brisa. Así estaba esa noche. Caía un aguacero torrencial. Margarita todavía no había salido del bohío excepto, aparentemente, para ir al baño. Porque no la habíamos visto salir. Eso sí, cuando yo asomaba la cabeza por la mañana y al atardecer para ver como estaba, veía que todo estaba limpio y que ya no se acostada en el suelo de tierra, si no en la hamaca. De día se la pasaba meditando en posiciones de yoga. Desde la terraza, destellando entre las gotas de lluvia, se veía la luz de la lámpara de gas del bohío. El ruido de la brisa y de la lluvia no me dejaron oír el carro cuando llegó Teresa, pero parece que Margarita si lo oyó, porque la vi asomarse a la puerta del bohío. Entonces fue que me di cuenta que tenía a Teresa parada al lado mío, que había entrado con su llave por el portón del jardín. Cuando Margarita la vio, comenzó a caminar bajo la lluvia hacia nosotras, pero Teresa se adelantó y en tres pasos estaba en el centro del jardín en donde la esperaba Margarita, que, dicho sea de paso, estaba completamente desnuda. Se miraron frente a frente y se dijeron algo que no escuché. Teresa ya estaba mojada hasta los pantis. Envueltas en la lluvia como estaban. Cuando vi que se abrazaron y comenzaron a besarse y a darse lengua hasta las amígdalas, me paré de mi cómoda mecedora para ir a reponerme de la sorpresa a la cocina. Desde allí las vi pasar abrazadas hacia la habitación favorita de Teresa. Esa noche me tuve que poner tapones en los oídos para poder dormir, porque esas dos mujeres parecía que nunca en la vida habían follao. Se oía por toda la casa.

Las cosas de la vida. Con Teresa se nos completaba el juego.

Lo que si es que tiene suerte, que se ha conseguido a una pimpollita. Porque Margarita es bastante joven. Bueno, ahora por carambola, siendo Margarita mi hermana, entonces Teresa es mi cuñada.

Llovió por varios días más. Primero tuve el impulso de irme para un hotel y dejarlas solas, pero si querían privacidad, ellas tampoco se preocupaban por buscar un hotel, así que nos quedamos así. Altagracia venía con una de sus sobrinas a ayudar con las comidas y todo lo demás. Teresa y Margarita se asomaban a comer, o al patio, y regresaban casi corriendo a su habitación a practicar el Lesbos Kama Sutra y yo seguía mis asuntos acostumbrándome a la idea de que ahora mi amiga Teresa era mi cuñada. Confío en Margarita, que por fin también se salió del closet. Yo ni lo sospechaba. A veces entraban en mi radar pequeñas señales de gay, pero lo descartaba, sin prestar atención. Lo que sí es, que parece que es una relación seria y que se quieren de verdad. No quiero ver sufrir a Margarita, pero mucho menos a Teresa. Ni pensarlo. Las veo que en los ojos tienen la chispa del amor. Ya ves a Teresa. Me alegro que me preguntaras que le pasaba a Teresa que se veía tan distinta. Eso quiere decir que no soy yo la que la veo así. Renovada. Creo que se siente feliz con Margarita. Ellas quieren formalizar la unión con traje blanco y todas esas cosas que están de moda con las lesbianas. Creo que le debemos hacer una fiestecita

Al otro día después de una noche de lluvia, el aire brillante y cristalino se combinaba con el sol para exponer a plenitud los colores de las casas tropicales, limón neón, rosado, amarillo limón. Azul celeste, añil. Iba yo caminando por un arcoíris caleidoscópico y psicodélico, disfrutando la noticia de que venía a quedarme por unas semanas, llegué a Carpe Diem y encontré al socio y a la recepcionista alborotados.

"¡Por aquí pasó Juan Luis Guerra!" Dijo uno.

"Se asomó y miró unos cuadros." Interrumpió la otra.

"Es tremendo macho." Dijo el socio de la galería.

"Tan romántico." Suspiró la otra.

Por no desairarlos, me asomé a la puerta un poquito esperanzada.

Afuera, las paredes de las casas resplandecían con el sol del mediodía y la calle vacía brillaba como un espejismo. De la tienda de las guitarras se oía una melodía que sonaba como una de sus bachatas y pensé que talvez. Caminé unos pasos, pero frené de golpe pensando que no iba a saber qué hacer cuando entrara en la tienda y regresé a la galería casi corriendo y decidida a no perderme su próximo concierto, fuera donde fuera. Bueno, ahora pienso que quién sabe si uno de estos días su agente nos envía boletos. Pero ya esa será otra historia.

La Maga Press

www.ingramcontent.com/pod-product-compliance
Lightning Source LLC
Chambersburg PA
CBHW050018180626
46810CB00002B/475